베트남 처갓집 방문

실천시선 227

베트남 처갓집 방문

2014년 10월 22일 1판 1쇄 찍음
2014년 10월 29일 1판 1쇄 펴냄

지은이 김명국
펴낸이 김남일
편집 이호석, 박성아, 이승한
디자인 김현주
관리·영업 김태일, 박윤혜

펴낸곳 (주)실천문학
등록 10-1221호(1995.10.26)
주소 서울특별시 마포구 월드컵로10길 48 501호(서교동, 동궁빌딩)
전화 322-2161~5
팩스 322-2166
홈페이지 www.silcheon.com

ISBN 978-89-392-2227-4 03810

이 시집은 2014년도 전라북도 예술인 창작 마중물 시범 사업 지원을 받았습니다.

이 도서의 국립중앙도서관 출판시도서목록(CIP)은 e-CIP홈페이지(http://www.nl.go.kr/ecip)와
국가자료공동목록시스템(http://www.nl.go.kr/kolisnet)에서 이용하실 수 있습니다.
(CIP제어번호:CIP2014030334)

실천시선
227

베트남 처갓집 방문

김명국

실천문학사

차례

제1부

제2부

제3부

제1부

첫 번째 시집

추수를 막 끝낸 뒤 가을이나 겨울쯤에 나왔으면 좋겠다
생강차나 유자차 같은 게 생각나는 그쯤에,
가시 많은 탱자나무 탱자 열매가 떨어지고
오동통 살이 오른 굴뚝의 참새,
갈퀴나무로 불 때는 집
시골집 아랫목이 그리워지는 때쯤

일 없이 쉬는 날, 간식으로 찐 고구마를 먹고 있을 때
식구들이 전혀 모르고 있었던 적금 통장을 하나 내밀듯,

나오면 한동안은 꼭 껴안고 잠들리라
눈뜨는 아침마다, 저녁에 잠들기 전 쓰다듬듯 펼쳐보리라
못생긴 제 코가 멋있다고 생각하는,
돼지가 낳은 돼지 새끼는 그래도 예뻐 보이는 법이니까

수줍음이 많았던 터라, 만나면 건네주면 될 것을
소포 봉투에 담아 평소 각별했던 지인들에게 몇 권,

청첩장 보내듯 부치고 나면
언젠가 '시를 사랑하는 사람들'을 시를 사랑하는 모임이라
타이핑해서 영수증을 주었던 우체국 아가씨도
고개를 갸웃거리겠지

목욕탕 사우나를 하고 나온 것처럼 가볍고 시원하려나
소나무에 얹혀 있던 눈이 꺼지듯,
체했던 속이 푹, 내려간 것처럼
점심 한 끼쯤은 굶어도 통 배고픈 줄 모르겠고
맞아도 아프지 않은
너무 일찍 내려버린 것이 흠인 함박눈,

끝까지 걸어가야겠다
하루에도 여덟 대밖에 들어오지 않는 오지(奧地)의 시간
버스,
길 가는 사람을 만나면 자가용 운전자는
한 번쯤 멈췄다 가는 것이 예의인

미끄럽기만 한,

넉넉잡고 십 리쯤은 족히 되고도 남을 눈길을

새끼 낳는 저녁

사료를 한 바가지 부어줘도 잘 먹질 않는다
구유통 여물도 씹을 생각을 않는다
가만히 뒤로 빠져 한적한 구석에
털썩 주저앉아버린다

소골댁네 수박밭에서 이른 가을무를 심으려고
꼬득꼬득, 마른 수박 줄기 모아 태우는 연기
축사 쪽으로 불어오는데
매워도 그 냄새 그다지 싫지만은 않은지
눈을 크게 치떴다가 깜박거리기도 하면서
출산이 임박했음을 알리는 징후,
끈끈한 액이 내비치기도 하면서 숨 몰아쉬며
소는 조용히 예정일보다 일찍 찾은 진통을 견디고 있다

소 새끼 낳으려나 보다고,
축사의 젊은 주인은 송아지 한 마리를 얻을 기쁨에
마른 짚도 한쪽에 미리 깔아주고

기우뚱 다리가 틀어진 오래된 의자 딛고 올라가
보름달 같은,
등 나간 소켓에 촉수 낮은
새 알전구를 갈아 끼우고 있다

굴뚝집

꿈이 있다면 비록 허름하더라도 내 집을 갖는 일이다
논도 한 서너 마지기쯤 있으면 좋겠다
텃밭도 조금 있고, 남들도 갖기 꺼리는 밭이라도
내 몫이 된다면 그곳에다 채소를 심으리라

경운기는 있어야겠지만 없어도 괜찮겠지
가끔씩은 멀리 가야 하므로, 헌 자전거가 하나 있어야겠다
지붕은 슬레이트든 기와든 상관없겠지만
초가집이면 더욱 좋겠다
손수 들에서 거둔 짚으로 이엉을 엮고 용마름을 해두리니,
지붕을 잇는 가을날이면 눈부시리라
그렇게만 살 수 있다면 봄 여름 가을 겨울이 행복하리

일하는 날보다 일하지 않는 날이 더 많더라도
근심 걱정이 없었으면 좋겠다
책도 읽고 시도 쓰고 답답하면 논둑을 걷거나
자전거를 타고 떠날 수 있다면,

남들이 손가락질해도 할 수 없겠다

옆집에서 넘어온 오이순을 탐내지 않았듯
눈이 많이 오는 겨울이면
아랫목이 뜨끈뜨끈하게 군불을 지피고
아침은 굶었어도 정신이 맑아지는 점심때쯤 해서는
어쩌다 한 편의 시가 쓰일 수도 있으리
봄이 되어 제비가 찾는다면 집을 짓게 내버려두리라

이른 아침 지저귀는 새소리에 눈이 떠진다면 얼마나 행운이겠는가
그것도 한두 번이 아니라 거의 매일이다시피 한다면
부지런을 떨기보다는 게으르게,
곡식을 심고 가꾸고 거두는 일만은 잊지 않으리라

가난은 수치가 아니라는 것을 알기에
툇마루에 드는 봄볕처럼

남은 생(生)은 그렇게 작고 하찮은 일에
다 써버린대도 아깝다는 생각이 들지 않으리,
꿈이 있다면 세상의 포근한 집 한 채 되는 일이다

눈 더미에 꽂아놓은 눈삽 하나가

겨울 이야기를 하자면 끝도 없지만
눈이 빠질 수는 없겠지
왜, 호남(湖南)에 내린 발목도 모자라서
허벅지까지 푹푹 빠지는 눈 말이야
정말로 폭설이었지

세상에 그렇게 많은 눈은 처음 보았단다
소를 키우는 축사 지붕이 폭삭 바닥으로 주저앉고
하우스 파이프가 엿가락처럼 휘어졌으며
지붕이 무너지는 집도 있었지

축사를 경영하는 아저씨는
목이 완전히, 무너진 양철 지붕 눈 더미에 갇혀서 발버둥을 치는 한우를 보고도 어쩌지 못하고
그냥 바라만 보며 애태우는 거였어
싸리비로 쓸고 삽으로 퍼내는 눈이 아니라,
트랙터 로더로 밀어내고 포클레인을 불러야

겨우 치울 수 있는 눈이었지, 무섭더구나
눈이 사람을 죽음으로 내몰 수 있다는 것에, 새삼

내리면 크리스마스캐럴이 흥얼거려지고
퇴근길 포장마차 맑은 소주 한잔 생각나고
아무것도 모르는 강아지처럼 뛰어다니고 싶은 그런 눈인 줄만 알았는데,
그게 아니었나 봐
한꺼번에 많이 내려버린 눈에 기가 막힐 뿐이었어
어떻게 해볼 수가 없더구나

그래, 겨울 이야기를 하자면 한도 끝도 없겠지만
지지리도 긴 동짓날 밤, 고구마라도 삶지 않으면 배가 고파지는 시간들이겠지만
언제나 다 녹을지 바라보면 막막하기만 한 들판
양지쪽으로 짐승들도 모여들더구나

간혹 보이지도 않던 그 희한하게 생긴 노루가
운 좋게 제 모습을 살짝 보이고는 어디론가
쏜살같이 달아나버리기라도 하는 별 좋은 날에는
미친놈처럼, 노루가 간 발자국을 쫓아 걷기도 했단다
얼어붙은 저수지 위로 난 새 발자국을 한동안은 멀거니 바라보기도 하면서
그렇게 두 귀가 멍멍해지고, 눈멀면서 사는 것이 사는 것이구나,
생각이 들기도 하면서

이립(而立)

일 없이 서른을 훌쩍 넘기니 어머니 걱정하시다
속깨나 태워드린 까닭인지 다 늙으신 것 같다
마지막 이력서 넣은 곳마저 연락이 없던 날,
물든 은행잎을 털고 있는 나무를 보았다
자전거 타고 혼자 저수지 근처, 억새밭을 다녀왔다
삽으로 구덩이를 파서 무 몇 포대 묻어주고 난 저녁
하루가 그렇게 무작정 저물고 있다
한참을 서성대다 돌아온 마당 밖,
단풍 구경 갈 나들이 곗돈 걷으러 다니는 모양인지 동네 개 컹컹 짖고
이 밤에 불 켜진 집은 우리 집뿐이다
한심하게 시 같지 않은 시나 쓰고 앉아 있는 내가 죄스럽고 미안하다
서른이면 이립(而立)이라는데
언제쯤 분가(分家)할 수 있을까
창가 쪽이라서 볕이 별스럽게도 따뜻한 도서관 제2열람실,
강원도에는 벌써 첫얼음이 얼었다는데

이대로 크리스마스캐럴과 제야의 종소리가
내 마음 같지도 않게 울려 퍼지면 어떡하지,
월동 장비도 하나 없이
미시령이나 대관령을 넘어야 한다면,
내일이나 모레쯤 일부러라도 틈을 내어 나무에다 짚을 감아줘야겠다
머리에 흰 꽃 떨구지 않은 억새가 바람에 몸을 휜다

꽃밭 근무

길기도 길다만, 일 년 반 탈 없이 다니던 직장을 버리니
어머니 걱정하시다
형광등 쓰고 살다가 도로 호롱불 켜고 저녁밥 지어 먹는 일처럼
마음까지 다 일시에 적막강산, 가난해지는가 싶더라
좀 참고 머리 조아리고 더 다니지 그랬니?
사표 쓰고 집에 돌아온 날
밖에는 비까지 내려, 절로 술 생각나더라
아무거나 하겠다고 큰소리로 까불기는 했다만
어디 비빌 언덕이 있나,
앞으로 살아갈 날들이 생각처럼 쉽지만은 않겠더라
그냥 말없이 내리는 봄비라면 모를 텐데,
보리밭에서 어서 일어나라고 청보리 몸도 씻겨주고
버드나무 나긋나긋한 허리도 만져주며
여기다가 둥지라도 트는 게 어때, 우리
속도 없이 내리는 봄비라면 좋았을 텐데
아무렇지도 않게 왔다가 지척이 훤해지게

언제쯤 내 인생에도 봄꽃 켜지는 거야?
부족했던 잠 몰아서 한꺼번에 죽어라 자고
오늘은, 느지막이 아침 먹고는 가고 싶은 곳으로 출근하는 날
들에 새로 들어온 신입에게 인사 건네는 꽃들,
벌써 몇몇은 눈으로 점찍어두는 걸 게다
오늘부터 나는 꽃밭에서 근무한다

한뎃부엌 목욕물 불 때기

먼저 뒷산으로 가서 갈퀴나무를 한 아름 해 와야 한다
장작개비 마른 것도 몇 있어야 쓴다
그러고 나서, 한뎃부엌 무쇠 솥단지를 가만히 열어보는 일,
솥단지 밑바닥에는 저번에 메주 쑤고 바가지로 긁어내지 못한 물이
약간 남아 있다 그 물에 얼굴을 비춰본다
물이 적어 얼굴이 전부 비치지는 않는다
샘으로 가서 양동이 물을 받아 솥에 붓는다
물이 쏟아지며 내지르는 소리, 경쾌하다
그 소리 듣고 앉아 있던 멧새 몇은 날개를 털었을까,
대숲 쪽이 출렁인다
물을 데운다 나뭇잎 긁어모아 태우고
갈퀴나무를 몰아 넣을 때 타닥타닥 타는 불,
어쩌다가 생대나무를 넣을 때는 조심해야 한다
팍, 소리를 내며 대가 터질 때 불똥이 튈 수도 있으니까
부지깽이에 자꾸 불이 붙는다
댓잎 한 장 두께만 할까, 불 한 번 탈 때마다 두꺼워지는

솥단지 밑에 고르게 앉는 그을음,

꼬리에 꼬리를 물고 불 속으로 들어간 상념이 따뜻함으로 돌아온다

매캐한 연기로, 그을음으로, 검불이 머리 위에 앉고

옷에도 그을음이 배어버렸다

이 냄새를 조카들에게도 맡게 해주고 싶다

불을 땐 지 한 이십 분쯤 지나 솥단지 몸통에 하나둘씩 물줄기 내려앉기 시작한다

솥뚜껑을 열면 김이 확 치솟고, 다시 솥뚜껑을 닫고

피만 묻었으면 도깨비가 될 게 뻔한 수수 빗자루로 아궁이 주위를,

겸사겸사 장독대 근처 솥단지 같은 데 그을음이 앉았으면, 그 그을음도 쓸어주고

담장 밑, 손이 잘 닿지 않는 곳까지 살살 쓴다

날이 궂으면 한 번쯤 큰 눈이 올 수도 있으리라고,

오늘 같은 밤에는 창에다 귀를 걸어두는 것이 좋겠다고 생각한다

대숲이 있는 작은 마을

시리도록 투명한 햇살이다
눈길 닿는 곳마다 깨진 사금파리들이
은빛 언어가 되고
아침 해가 떠서 저녁 해가 질 때까지
강물은 잔잔하다
아침 마당에 빨랫줄처럼
늘어진 햇살을 칭칭 감아올리던
나팔꽃 눈들이 보랏빛 물방울을 터뜨려놓았다
풀 끝에 이슬을 손톱으로 톡톡 건드려
밤새 오므렸던 채송화 꽃송이를 부끄럽게 벌리면서
고요한 하루가 시작된다
봉숭아꽃들이 줄을 지어 늘어선 마당 한 귀퉁이
민들레가 피었던 산 밑 방죽에서부터
들판 안개가 살며시 밀려난다
나는 깊은숨을 들이마셨다가 내쉬곤 한다
울창한 수목들이 빽빽하게 들어찬 숲 오솔길
잎이 푸른 한 그루 상수리나무가 되고픈 시절이 있었다

가지를 떠난 새들이 어디론가 휙 날아갔다 날아오기도 하면서
풍성한 아침 햇살을 풀어놓은 채
개울물이 낮은 돌 그림자를 건드려
작은 여울을 이루는 것을 보았다
물 흐름 소리가 좋아,
조용히 지느러미를 너울거리며
고기 떼가 납작한 돌 틈 나뭇잎 사이로
날래게 몸을 감춰 숨어드는 것을 보았다
나는 고요한 강 언덕까지 나가본다
나무 등짐 하나 가득 지고
노루목께를 내려오는 산나무꾼처럼
털끝에 이슬이 묻은, 검은 까마귀 떼 깃털이 떨어져 있는 외길목
당산나무 그림자에 탑처럼 선다
줍지 않은 논바닥 진흙땅에 박힌 이삭과도 같이
하늘 우물에 빠뜨린 눈썹 몇 개쯤 아득히 잊고

갈수록 빛이 나는 저 억새풀밭에 억새꽃이라든가
갈대가 바람에 몸을 꺾는 들판
후두두 잎 턴 싸리나무가 기러기 울음에 젖을 때
마음의 장작에 불씨 몇 줌 꺼내 노을을 지피고
감나무, 그 붉디붉은 전설이 까치밥으로 영근 대숲 마을에서
나는 동면하는 산짐승마냥 긴 겨울을 나고
이른 봄 햇살로 다시 태어나리라

쇠뜸부기사촌 둥지

대를 엮어 울타리를 만든,
시골집 할아버지 논 가운데는
쇠뜸부기사촌과 쇠물닭 둥지가 있다는데요

물뱀도 모르는 자리,
쇠물닭 둥지는 있다는데

그걸 알면서도
우리 할아버지는 가만히 둔다네요

건드리면 탈 난다고,
그게 그러는 것이라고
가만히 둔다네요

제사

볼펜 있냐, 할아버지께서 볼펜을 찾는 날이 있었다
겨울에 더 많았던 것 같다
달력에 동그라미를 쳐두는 것도 아닐 텐데
절대 잊어버리는 법이 없었다
오늘이 무슨 요일이냐, 언제가 일요일이냐
물으실 때는 많았으나,
한 번은 꼭 물어보련다 언젠가 저녁도 다 먹어버려
둘이 같이 있을 때 말이 없어 서로 심심해지면
안 잊어버리게 눈으로만 동그라미를 쳐두시는 건 아니었는지
몇 자 되지는 않지만 또박또박 약간 색이 바래긴 했어도
귀한 한지에다 한 자도 틀리지 않게 쓰신 지방(紙榜) 글씨처럼
매일 연습하는 건 아니겠지만
들으면 구슬프다
그렇게 뭔가 들어 있는 성실은 가락이 없더라 하시던,
축문(祝文)을 읽을 때처럼

꼭 인절미에 고사리나물 식혜 한 대접 때문은 아니더라도
경건해지고 싶었다
풀이 없어 지방은 밥을 조금 떠서 으깨 벽에 붙여야 했지만
밤도 치고 축도 읽고
닭 울기 전 성냥불 소지(燒紙)도 이젠 내가 하리,

그날 밤 당숙모는 보자기로 싼 쌀 양푼에
달걀 몇 개를 깨지지 않게 묻어 오셨던 것 같다

밤 껍질

곳간에다 벼 가마니를 들여놓는데 천장에 쥐구멍이 하나 보였다
쥐를 닮아서일까 쥐구멍은 대낮인데도
불에 그을린 자국이 있는 벽처럼 껌껌했다
저걸 어쩌나, 뻗어도 손이 닿지 않는데
고민하고 자실 것이 없었다
노루처럼 훌떡, 어서 나락 가마라도 딛고 올라가
틀어막아버리면 될 테니까
그러고 나서는 줄을 끊고 달아난 수캐를 잡아 기둥에 매듯
걱정을 붙들어 매면 될 테니까
대충 크기에 맞을 듯한 돌 조각을 하나
소꿉놀이 할 때처럼 마당가에서 찾아 주워 들고 들어왔는데
쥐구멍 막는 데는 고슴도치같이 생긴 밤 껍질만 한 것이 없다고,
옛날에도 다들 그렇게 했다고,
어머니 아무 말씀 안 하고 밥 안치러 가듯 나가시더니만

담배 한 대나 겨우 피울 참쯤 해서, 밤 껍질 주워 오신다
튀김 건질 때 쓰는 집게로 손 한번 밤 가시에 찔리지 않고
쥐구멍이 막혀버렸다
쥐가 까먹은 나락 가마만 해도 수북하니, 한 가마니는 되고도 남을 텐데
쥐는 이제 말하자면 'IMF 걸린 것처럼' 살길 막막해졌다
제가 아무리 재주가 좋아 날고뛰어도 어떻게 밤 껍질을 밀고 나온담,
밤나무를 발로 차거나 장대로 내리쳐서
밤 따다가 머리나 뒤통수에 밤 껍질로
한 대쯤 얻어 맞아본 사람이면 알겠지만

꽃 피는 옛집

곧장 그 길로 가면 마을이 나온다네
꽃 피는 마을이지
마을 길 어귀 강아지라도 보면
귀엽다고 손짓해주게, 동태를 굴리며
아이들이 달려온다면 말을 붙여도 좋을 거야
그러면 그 집 앞까지 그대를 데려다주리

살구나무 집이라고 감나무가 서 있는 집이라고
참대나무밭 아래에 있는 바로 그 집이라고
새참을 이고 가는 아낙을 만나 물었다면
검은 기와집이라든가
굴뚝이 있는 파란 슬레이트 집이라든가

잠시 손짓을 해서 가리키기만 해도
아, 바로 저 집이구나, 알 수 있을 거야
계십니까, 쓱 대문을 밀고 들어가도 괜찮아
그 집엔 개가 없으니까

만약 빈집이라면 마루에 엉덩이를 붙이고
그대처럼 마당까지 확 들어선
앞산을 보며 한참을 앉아 있어도 괜찮아

꽃 피는 그 집이라면 탓하지 않으리
그 집에 사는 사람은 그대를 나무라지 않으리
얼마나 깨끗하게 비질을 하고 울타리를 둘러놨는지
그 집 뒤란을 둘러봐도 좋으리

대밭에 참새 떼가 또 와서 지저귄다면
감꽃이 피었는지 어쨌는지 둘러봐도 좋으리
그 집에 사는 사람이라면 그대를 나무라지 않으리

외바퀴 손수레 상여

낳은 지 꼭 사흘 만에 어미젖 한번 제대로 못 빨아보고
뱃구레가 쏙 들어가 싸늘하게 죽어버린 송아지,
입이 틀어진 기형(奇形)이었다

들 나가는 동네 사람들이라도 볼까 봐,
인삼밭 차광망으로 숨겨
아무도 몰래 냇가 토끼풀 우둑우둑한 곳,
외바퀴 손수레에 삽 한 자루와 함께 싣고 간다
누군가 마주치면 그냥 쓰레기를 태우러 간다 할 참이다

밤늦게 낳아 다음 날 하루를 어떻게든 버티다가,
다시 그다음 날 아침에 소 밥 주러 가서 보니까
코에서는 숨 쉬는 소리 들리지 않고
네다리 쭉 뻗고 잠자듯 바닥에 싸늘하게 누워 있던 송아지,

땅 깊게 파고 구부정하게 초승달처럼
다리를 오므려 차마 감지 못한 눈

살짝 손바닥으로 눌러 감겨주고
습기 많은 차디찬 붉은 흙이불로 덮는다

어머니 양파밭 비닐을 구멍 내 풀 뽑고 계시고
올 때와는 달리 돌아갈 때 가벼워진 빈 수레 밀며 가는데
죽은 송아지를 축사에서 힘들여 끄집어낼 때
놀라서 안절부절,
사흘 먹이지 않은 젖이 팅팅 불어
죽은 줄도 모르고 있다가 제 새끼 잃어버렸다고,

한쪽에 퇴비를 쌓아놓고 왕겨를 부려놓은
십오 촉 알전구 불 밝힌 축사에서는
어둑어둑, 어미 소 우는 소리가 들려온다

망종(芒種)

밑이 잘아 걱정이었던 양파밭,
양파는 쓰러지고 나서도 여문다고,
하루 종일 모내기로 물을 받는 논에
농사용 전기 모터 돌아가는 날이었다

한낮에는 솔밭에서 뻐꾸기가 뻑뻑꾹 울다가 그치기도 했다
찔레꽃 향기 추억 한가지로
귓불 발갛게 물들어오는 저녁,

소 금(金) 좋아, 자랑거리였던 축사의 암컷 수컷 소들과
여섯 살배기 도훈이만큼이나 입도 코도 예쁘지만
난 지 보름쯤 된 젖이 적어 야윈 송아지가
귀를 쫑긋쫑긋거리면서
훅 끼쳐오는 민물 흙내처럼 물이 들어간 장화 소리를 내며
뿌리가 여무는 마늘밭 지나
누렇게 된 보리밭을 지나 헛기침 한번 하고

어깨에 삽을 걸고 오시는 아버지였다

그 옛날 할아버지처럼 이맘때쯤 들일로 많이 야위신,
논에 물 보러 오는 아버지,

문만 열면 불빛 보고 날것 날아드는
그런 날 텃논에 어김없이 개구리나 맹꽁이 우는 소리
시끌벅적한 밤

마루 등을 켜며

마루 등이 켜져 있다는 것은
들어오지 않은 식구 하나가 있다는 뜻이다
아직 들어오지 않은 누군가의 밥상이
밥상보에 덮여 있다는 뜻일 게다
살구꽃이 피어 있는 마당으로
마루 등이 밀어낸 어둠은 불과 몇 미터 되지 않았지만
그 불빛 아래서 아직 들어오지 않은 식구들을 기다리며
엎드려 숙제를 하던 어린 마음이 있었고
마루 등을 켤 때마다 조금은 놀라
제 웅크려 앉은 자리에서 몇 발자국씩은 옮겨 앉던 제비집 앞,
어미 제비 까만 눈이 보였다
그곳에서는 마루 등 불빛을 보고 날아온 풍뎅이와 잠자리와 집게벌레와
하루살이, 풋고추에 된장 찍어 먹던
반딧불이 같은 여름날 밤이 숨어 있었다
서울 손님을 기다리던 마음이 강 건너에서도 반짝이던

마루 등,

불을 켜놓고 잠이 드신 어머니가
잠에서 깨지 않게 살금살금 발소리 죽여 마루 등을 끄면서
속으로는 아직 불을 끌 때가 아니라고 생각하며
그해 겨울 처음 내린 하얀 눈처럼
언젠가 환한 마루 등이 켜진
마음 안으로 들어왔던 한 사람을 생각한다
머뭇거리던 어둠이 마루 위까지 올라와 앉는다
마루 등이 켜져 있다는 것은
아직 들어오지 않은 사람이 하나 있다는 뜻이다

싸리꽃 공룡

6,500만 년 전 중생대 말
멸종해버렸다는 티라노사우루스가 튀어나와
걸어가는 줄로 알았네

일손 다 놓고 이젠 쉴 때도 되었는데
닭 울 때 되어
네 시 삼십 분쯤 일어나 새벽밥 먹고
담아 올 것이 있을지도 모르니까
보따리 하나 들고
품팔이 놉으로 일 나온 장성할매,

허리 고부라지고 칠십 넘어 팔십 고개
PRI 훈련장에서 기합받듯
하루 종일 채마밭 오리걸음 걸어봐야
해질녘 다 되어 받는 돈이 오만 원 육만 원

돈 없이는 못 산다고

옴짝달싹 못하게 함박눈 펑펑 오면
아껴 쓰는 보일러 기름값이라도 해야 한다며
손바닥 무릎에 얹고 걷는 폼이 영락없이 공룡,

인삼 수확하는 날, 초식공룡처럼
열 달아 시동 꺼진 대동(大同) 트랙터 옆에서
밥때 다 되어 밥 먹으라고,
악쓰듯 소리 지르다가 보았네

약 없으면 들쑤셔서 일 못 간다고
약이 효자라고
물리치료실 침대가 서울 아들 집보다 낫다고
안 아픈 데 없어 열 명만 모여도 인근 종합병원,

말소리만큼 또랑또랑 아직 짱짱하다며
새참 먹은 손바닥에 색색깔 알약 예닐곱 개쯤 올려놓고
윗틀니 떨어져라 환하게 웃는 싸리꽃 공룡

육묘장

무사히 친정집까지 잘 다녀와서
입출금통장 잔고가 바닥난 아내가

겨울도 다 지나 날도 풀렸고 하니까, 그냥 집에만 있기 그렇다며
일당으로 하루 사만 삼천 원씩이나 쳐준다는
대산농협 육묘장에 다니기로 했다

식구들도 어쩌지 못하고 만장일치로 그러자고,
살자면 필요한 게 돈이라지만
사만 원 벌자고, 애엄마를 바깥으로 내모는 것도 그렇고
그냥 집에서 살림이나 하게 내버려두지 못하는 내가
바보스런 생각도 들었지만

식구랄 것도 몇 없는 우리 식구들 모두 그러자, 고개 끄덕인
첫날은, 어린이집에서 돌아오는 아들놈 받고 나서

아직 서로의 일과에 길들여지지 않아 지겹기도 하고
어차피 데려올 때 한 번은 가야 할 테니까, 미리 차를 몰고
수박 모종이며 토마토 모종이 자라고 있는 육묘장을 방문했는데

거기 계모임처럼, 다문화가족지원센터에서 만난
고국에서 시집온 친구들이 다 모여 있었다

놀면 뭐 하냐고, 한 푼이라도 벌어야지
가만있으면 누가 돈 갖다 주더냐는 말, 들을 때마다
가슴이 뜨끔뜨끔 찔리기도 했던 내가

체면도 뭣도 없이 혹시, 남자도 뽑느냐는 소리
선뜻 하지 못한 채 꾹 눌러 참고
1톤 트럭 가운데 자리에다 아들놈을 올려 태우고
옆에다는 육묘장 냄새가 나는 애엄마를 싣고 왔다

풍년

전라북도 고창군 성송면 학천리 소원정 씨네 집 두 해 난 개가
강아지를 옹골지게 열여섯 마리나 낳았습니다

태풍 한번 없이 지낸 논에 나락이 그득그득 들어차서,
올 가을이 그런대로 풍성하다면 풍성한 이유입니다

쌀값은 형편없이 떨어졌어도

제 2 부

눌려서 떡이 된 오리온 초코파이 정(情)

깜짝, 밀림에서 튀어나온 뱀처럼 날은 징글징글 더운데
무슨 이따위로 생겨먹은 선풍기도 다 있나 싶은
중고 선풍기도 봤고,
썩을 대로 다 썩어빠져서
무슨 이런 오토바이가 다 있나 싶은,
털털거리며 비포장 길을 달릴 수 있다는 게 볼수록
신기하고 기가 막히기만 한
오토바이도 봤는데,
무슨 이런 사람들이 다 있나 싶은
처갓집에서
찌는 듯한 더위, 비자까지 받고 가서
면(面) 이발관에서 머리도 한번 깎고
한 달을 살다 왔다
죽는 줄 알았다

베트남 처갓집 방문

일 년 365일이 더운 여름뿐이라서
항상 웃통 벗고 다닌다는 장인어른이 살고 계시는 나라,
베트남 남부 동탑*, 아내가 나고 자란 처갓집은
능맘**을 섞은 소금장에 시디신 망고가 먹고 싶으면 생각이 나고
식사 때가 되면 병아리 떼를 대동한 암탉과 고양이 개가 들어와
발등을 핥고 지나가는 곳
뒤뜰의 돼지우리에서는 돼지가 꿀꿀거리는 곳
집 앞에는 제법 통통배가 드나들 만큼 큰 물길이 있고
강물에 아이들이 첨벙첨벙 뛰어들어 멱을 감는 곳
화장실 바로 밑에 어른 팔뚝만 한 가물치와 메기가 식구들이 똥을 싸면
똥을 받아먹기 위해 헤엄치는 곳
비가 많이 오는 우기 때는 커다란 항아리 예닐곱 개에다
내리는 빗물을 담아 식수로 끓여 먹고 사는 곳이다
새벽녘이면 수탉이 우는 소리, 오토바이 소리 때문에 잠

을 깨는 곳

플라스틱 통에는 그날 저녁 찬거리로 쓸 가물치 네 마리가 물에 담겨 있고

어른은 우리 돈 천 원, 아기는 오백 원 정도만 내면 인근 시장 이발관에서 머리를 깎을 수 있는

하루 두 끼 때가 되면 밥 짓는 연기 때문에 기침을 콜록콜록 하는 곳이다

한낮이면 무더워서 어디 가기도 싫고 멱 감고는 낮잠이나 푹 자고 싶은 곳

무슨 볼일이라도 있어 읍내라도 가려면

헬멧은 단속 때문에 꼭 쓰고, 오토바이를 타고 이삼십 분은 달려야 하는,

오토바이가 지날 때마다 먼지 풀풀 날리는 곳

아침거리 사라고 반미*** 장사 아줌마가 목이 쉬어라 방송을 해대는 곳이다

돼지 새끼 열 마리 낳았다고, 강아지 낳았다고

울타리 너머 이웃집 고모부가 돼지 새끼를 두 손으로 번

쩍 들어 보여주던 곳

이모 딸 어린 동생 린은 코코넛나무 잎으로 피리를 만들어 불고,

파마를 한 지 꽤 오래되어 보이는 장모가 손수

재봉틀 앞에 앉아 한국으로 가져갈 아오자이를 짓고

호치민에서 옷 만드는 공장에 다닌다는 이모와

껀터 시에서 대학을 졸업했다는 이모 딸

기계공인 남동생, 생선 공장에 다닌다는 언니와 여동생

개구쟁이 어린 조카들 비보, 니 그리고 우리 식구 셋

이렇게 열세 식구 대식구가 한데 모여

최대 명절 설을 기다렸던 곳

인천국제공항에서 호치민 시까지는 비행기로 네 시간이 넘고

호치민 떤선녓 국제공항에서도 자동차로 네 시간은 족히 달려야만 겨우 닿을 수 있는,

무슨 돈 이야기만 나오면 서로 시무룩해져서

어떤 때는 일 년 치 생활비를 미리 갖다 주러 온 기분밖

에 들지 않는 곳이다

---

* 아내가 태어난 고향으로 한국의 도에 해당함.
** 소금에 절인 생선 액젓으로 베트남 전통 간장.
*** 바게트 빵과 비슷한 겉이 딱딱한 빵으로 밥과 같이 주식으로 먹음.

왕겨 타는 냄새

돌아가면 그립겠다
딱딱한 평상과 너무 높아서 앉으면 불편하기만 하던 나무 의자
아들 도훈이가 걷다가 넘어지면 다칠 것 같던 거실 바닥과
낮잠 잘 때 제격이던 그물망의 흔들 요람
향(香)을 아끼지 않는 민족답게
저녁이 되면 은은하게 풍겨오던 제단의 향냄새,

돌아가면 그립겠다
몇 해 지나 언제 또 온다는 기약 없어도
접대용 석재 탁자에서 글을 쓰면
머리카락이 젖어 다가오던 비릿한 강물 냄새
국거리용 점심 찬거리로 처제가 다듬던
두툼한 생선 비늘까지,

돌아가면 그립겠다
나무 도마와 미싱과 장작불과 왕겨 타는 냄새

쉬는 날이면 깨끗하게 걸레질 해놓던
닦으면 새것 같은 중고 오토바이,
읍내 사덱*에서 배로 도착한 팔만 원짜리 썩 괜찮은 자전거

한번 꾸려놓은 짐을 들었다 놨다를 몇 번
말로는 아침 먹고 가겠다, 점심때 가겠다 그러다가
저녁 한 끼 더 먹고는
그날 못 가고 그다음 날 가겠다

* 아내의 고향 마을에서 10킬로미터 정도 떨어진 곳에 위치한 도시.

각별한 식구

—식탁 위에 숟가락 하나 더 올린다는 것

녹차를 마시지 않아 텁텁해진 입,
소리는 없고 화면만 나오는 텔레비전을 보고 있잖아

날벌레가 많이 날아드는 밤, 벽에는 벌레를 잡아먹는다는
도마뱀들이 기어 다니고
나무 뚜껑을 덮은 쌀독은 일 년 365일이 고요한 어둠뿐이라서,
한 톨이라도 흘리지 않도록 조심해야 돼

슬리퍼는 있지만 귀찮은 아이들은 맨발로 뛰어다니지
탄푸쭝* 매일 시장 신발 가게에서 산 린의 운동화는
특별한 날에만 신는다고 모셔두었다네

한 달 십오만 원도 안 되는 봉급을 받기 위해
오십만 원짜리 중고 오토바이도 휴대폰도 없이
10킬로미터가 넘는 거리를 새벽과 밤 생선 공장에 자전거로 출퇴근을 하는 이유도

여기가 돈 없는 시골이기 때문이야

테두리가 다 헤진 논라를 쓰고
못 쓰는 냄비 통을 매달아둔 커다란 장대로
농부인 할아버지가 따준 망고를 깎아 먹다 보면

며칠 와서 머물다 떠나갈
한국에서 온 사위의 마음이 편치만은 않았던 것이
오리 다리 하나를 끈으로 묶어
뒤뜰 기둥 나무에 못 도망가게 매달아두었다가
저녁 반찬거리로 내놓았던 아주 특별한 그 이유 때문일 거라,
처갓집 식구들 중 누가 감히 짐작이나 할 수 있었겠어

---

* 아내의 고향 마을 이름.

외갓집 망고나무

어찌나 넓은지 처음엔 바다인 줄 알았다
그렇게 길고 큰 강은 태어나 처음 본다고,
최근 몇 년 사이 고기가 많이 줄었다는 강에서는
어망을 던졌다가 걷어 올리자, 물풀과 함께
물고기며 새우 고동 조개들이 따라 나왔다

총길이 4,350킬로미터
멀리 북쪽 중국 칭하이성
해발 4,900미터가 넘는 티베트고원에서 발원하여,
중국 남부 차(茶) 산지로 유명한 윈난성 부근에서는
란창강으로 불리다가
미얀마 라오스 태국 캄보디아 베트남을 거쳐
남중국해로 흘러드는 강,

강이 바다와 만나는 어귀,
벼농사로 이름 높은 비옥한 곡창 지대 메콩델타를 이뤄 놓고

탁 트인 너른 평야를 적셔
황토빛 강물은 베트남에서 아홉 개의 지류로 흩어진다고
구룡강(九龍江)이라 부른다는데

아홉 개의 지류 중에서도 한 지류,
그 지류에서 갈라진 수없이 많은 물길들
꽁무니에 달아놓은 스쿠터도 돌리지 않고
오직 손으로만 노를 저어 쪽배 가득 실은 과일 야채 장수,
허술하게나마 널판자로 만들어놓은 나무 선착장에 가만히 배를 대면
그날 먹을 만큼만 조금씩
외할머니와 고모들은 찬거리를 사놓고는 했다

아침저녁으로 안개가 끼는 날이 잦은 집 앞에는
제법 비릿한 흙냄새 나는 물길이 있어,
수영을 할 줄 모르는 사람은 거의 없고 성질 급한 아이들은 학교만 파하면

개구리처럼 풍덩풍덩 몸을 던져 멱을 감았다

물길 옆으로는 자전거와 오토바이가 지나다니고
나무로 만든 쪽배와 선착장,
대나무로 만든 커다란 바구니와 닭둥우리,
병아리와 닭들이 마른 잎이 쌓인 나무 그늘에 숨어들어
마구 헤집고 다니던 그곳,

아랫배가 좀 튀어나와 뚱뚱하고
서리가 내린 것처럼 머리가 하얗게 센 외할아버지와
묵직한 가위로 옷감을 자르고
재봉틀 의자에 자주 앉아 계시는 외할머니와
딸 하나 낳고 뭔가 잘 안 풀려 남편과는 완전히 헤어진 뒤로
한집에 함께 살고 있다는 큰이모,
가끔 술을 먹고 얼굴이 빨개져
오랜만에 설 쇠러 온 조카 고추를 따 간다고 하는

아직 장가도 가지 않은, 오토바이를 잘 타는 외삼촌이 사는 집

해마다 더운 여름날이 되면 더 생각나는 외갓집, 도훈이 외할아버지네 댁은
격정한 만큼 모기는 그리 많지 않았고
바나나와 코코넛나무 잎이 무성하게 우거져 있는 집

누구든 더우면 수건 하나 들고, 아무도 안 보이게 큰 항아리 뒤에 숨어
옷 훌러덩 벗고 바가지로 물을 떠서 멱을 감는 곳,
뒤란 우물 곁 열매를 주렁주렁 매달고 있는
망고나무 서늘한 그늘을 늘이던 그곳

물웅덩이 화장실

눈에 넣어도 아프지 않은 어린 손자 놈하고
한국에서 사위가 와서 보면 좀 어렵고 남세스러우니까,
무리를 해서라도 만들어놓기는
만들어놔야 했던 모양인지

지은 지 얼마 되지 않은
샤워실에 딸린 화장실이 있기는 있었지만,

가끔씩 바람 솔솔 불어오는 곳,
뒤로는 장인어른이 직접 짓는 논에 벼가 한참 자라고 있고

물고기를 잡아 키우는 양식장 같은 물웅덩이
나무 기둥을 대고 박아 얼기설기 포장으로 가려
쪼그리고 앉아 볼일 보는 곳이라, 써 붙이지 않아도
척 보면 아 저게 변소간이구나
알게 되는 그런 곳이 하나 있어서

그래도 여기까지 온 기념으로
용기를 내서 하루는 주위를 둘러봐 사람이 뜸할 때쯤 해서
나도 한번 엉덩이 까고 앉아 있었는데

뒤란에 있는 망고나무에서 익지도 않은
시퍼런 망고 열매가 툭 떨어졌을 때 놀라고는,
그때, 엑스트라처럼 갑자기 나타난 개며,
멀찌감치 떨어진 길에서 걸어 장이라도 가려고
지나가는 동네 사람과 눈이 딱 마주친 것도
당혹스럽기는 당혹스러웠지만,

웅덩이 속으로 똥이 떨어지자마자,
저녁 찬거리로 언젠가 밥상에 오른 적도 있는
통통하게 살이 오를 대로 오른 잉어며 가물치들이
그걸 서로 얻어먹으려고
지느러미를 흔들며 온몸으로 힘차게 물을 튀기면서
난리법석을 다 떨어대는 것이었다

뒤란에다 스무 마리 남짓 오리를 키우는 집

한국에서는 대체 어떻게들 살았는지는 잘 모르겠으나
베트남 처갓집에 오면 극진한 대우,

다리에 약간의 병기(病氣)가 있어 목발을 짚고 생활을 하는 장모께서
외손자 도훈이 오면 입히려고
손수 재봉틀을 돌려 깔끔하게 옷도 한 벌 지어놓으셨네
새로 산 대자리 장판도 깔아, 시원하게 자라고
따로 쉴 곳 마련해두었네
슬리퍼도 한 켤레 사서 신으라고 잠자리 밑에다 놓아두셨네

양념을 한 오리 반찬이 먹어보면 썩 맛있다고 구워놓고
내가 보는 앞에서 직접 시범으로 한번 자셔보며,
늙은 망고나무는 베어내고, 그 자리에다
사위 오면 준다고 뒤란에 못 도망가게 철망까지 쳐서
오리도 한 스무 마리 남짓 키우고 있는 곳, 그 집에는

먼 길을 차로, 비행기로 한국 사위가 왔다고
아직 뭣도 잘 모르는 손주놈 잠옷도 산뜻하게 지어놓으셨네

아내는 덥석덥석, 손이 커서
시댁에서 가져온 달러를 인민위원회 소재지 금은방까지 가서
베트남 동(銅)*으로 바꿔 가방에 넣어두고 쓴다고 철도 없이 사치를 부리는데,
한국에서 온 사위는 알아도 모르는 척,
도수 높은 29도짜리 바나나술 낮술을 걸치고 취해
대학 노트 한 권 사서 들고 왔으나
시 한 줄 제대로 쓰지 못한다고 끌끌끌, 혀를 차고 있다네

이곳에는 새벽 다섯 시만 되면 집 앞 커다란 물길로
스쿠터 배 통통거리며 모터 돌아가는 묵직한 소리와

무슨 볼일이 생겨 새벽 시장으로 가는 오토바이 소리와
귀뚜라미 소리,
탄란이라 불리는 도마뱀들이 깔다귀 하나 놓고
서로 아귀다툼을 하는 소리와
닭 울음소리 개 짖는 소리 시끌벅적한 오리 소리로 알람을 해놓고 자다가
잠이 깨는 곳,

베트남 남부에 있는 한 집, 처갓집에선
운이 좋은 날이면 집 앞으로 기가 막히게 개조한 자전거 짐차도 볼 수 있는 곳

---

* 베트남 화폐단위.

맹그로브 정글에 베트콩이 없다

일 년에 삼모작이 가능하다는 장인어른 논에
음력 설 명절을 한 보름쯤 앞두고 찾아간 아내의 친정집에는
논마다 아직 배동도 하지 않은 벼 포기들이 가지런하다

바람에 휩쓸리는 초록 물결들로,
간혹 논과 논 사이 놓여 있는 시멘트로 만든 무덤들이 보이고
바나나나무 잎으로 가려진 오솔길이 있다

모자도 없이 슬리퍼를 끌고 나와
한낮 논둑길을 한 십여 분쯤 걷다 보면
땀이 나서 그만 포기하고 들어오는
마디가 짧고 단단하고 곁가지가 뭉툭한
대나무 그늘과,
손에 휴지 같은 것을 쥐고 물고기를 키우는 웅덩이 쪽으로
걸어 들어오는 사람이 있으면 알아서 고개를 돌리든가

눈치껏 피해야 하는
아랫도리만 착 가리게 만들어놓은
화장실이 근처에 있다

우리네 같았으면 쫓아라도 냈을
동네 사람들이나 옆집 고모네 식구들이 와서 일을 봐도 내버려두는 재래식 화장실,

지금은 건기(乾期)라서 뒤집어놓은
핑계거리를 하나 만들어서라도 어떻게든 타보고 싶은 쪽배가 있고
원숭이다리라고 부르는 나무다리가 있고
악어가 산다며 겁을 주던
쪽배가 다니는 황토빛 물길이 있다

사람 사는 곳답게 활기찬 아이들 노는 소리가 들려오는 곳,
조사해보나마나 뻔한,

이리저리 헤집고 다니는
거칠 것 없고 영혼이 자유로운 닭과 병아리가 있다

논으로 들어가서 손잡이가 있는 약통을 등에 지고 농약을 하는 마을 사람이 있고
숨어 있는 베트남 군인들을 쉽게 찾기 위해 미군이 뿌렸다고 하는
무시무시한 고엽제 피해 사진에서도 보았던
그런 정글숲이 있다

집 걱정

끼니때마다 생선 반찬이 참 많이도 올라오는
처갓집
부엌 벽이 뒷마당 쪽으로 한 10도쯤은 기울어져 있기에
처음에는 그냥 멍하니, 피사의 사탑이 생각났습니다
초등학교 미술 시간 미술 책에서나 한 번 본 기억이 있는,

어찌나 뒤로 기울어졌던지 아들 도훈이한테는 사고 난다고
절대로 접근하지 말라고 주의를 단단히 주어놓고
혼자 시무룩했지요
한국에서는 살고 있는 집이 애를 먹이더니만
여기서는 또 장인댁이 말썽입니다

자주 쓰는 것 같지는 않지만, LPG 가스레인지도 사서 부엌 한쪽을 차지하고
그럴싸한 옷장도 장만해 놓여 있습니다
그럭저럭 그렇게 살림살이가 하나씩 늘어갑니다

언니는 오토바이가 없다가 새로 생겼고
그사이 남동생은 직장이 바뀌었습니다

벌어먹고 살기가 힘든 게 여기나 저기나 매한가지
그렇게 서로들 서로를 동경하며 살아가고 있었을 뿐,
목마르면 한 개에 천 원 하는 야자열매를 묵직한 칼로 깎아서 한번 자셔보는 일뿐
너무 욕심내지도 그렇다고 더 나무라지도 않겠습니다
고개 돌리고 있으면 푸른 논둑 한가운데
반듯하게 자리한 조부모를 모신 분묘가 보일 테니까요

밭이 아니라 논 한가운데 조상의 묘가 있다는 것이 이채롭다면 이채로운,
자동차보다는 오토바이가 눈에 더 많이 띄는 곳,
여기가 바로 동탑 처갓집입니다

뒷마당에 찍 갈겨진 오리 똥

한낮에는 날씨가 꽤나 덥고 쪄서
반바지만 입고 윗도리는 아예 벗고 사시는
이곳 처갓집 장인어른이
가볍게도 잘 말린 시누대 장대 집어 들고
뒤뚱뒤뚱, 오리 뒤를 몰고 있다
하얀색과 검정색으로 확연하게 두 팀으로 갈라져서
흩어지지도 않고 오리 떼가
몰면 모는 대로, 능숙하고도 일사불란하게
진흙탕 웅덩이로 몰려 쫓겨난다
거의 다 당도해서는 저희들끼리 멀리 김밥 싸 들고 소풍
이라도 가듯
마냥 신 나고 즐거운지
완전히 첨벙첨벙 물속으로 뛰어들 기세,
구정물 속을 연신 넓적한 주둥이로 쩝쩝거리며
잘도 휘젓는다
이 모든 풍경들이 한국에서는 이제 잊혀져가는,
사진기라도 있으면 한 장 박아 남기고 싶은

썩 보기 드문 광경이라서
자칫 지루하기만 했을 이곳에서의 하루하루가 그리 심심하지만은 않고
그냥저냥 지내면 또한 지내볼 만한
이유라면 이유였다

불씨

저녁에 쉬려고 대자리 깔고 누워 텔레비전이라도 보고 있으면
맨손으로 한번 잡아보려 했지만 절대 소용없는,
날아다니는 벌레 깔다귀라도 잡아먹으려고
도마뱀들이 돌아다녔다

어차피 화면만 보고, 들어도 들리지 않는 텔레비전
채널을 돌리면 운이 좋게도 가끔씩
한국 드라마가 더빙되어 방영되기도 했다

집을 한 채 지어주어야만 할 것 같은
경제적인 이유 때문에 한편 우울했고
얼굴 표정들이 다들 칠흑으로 굳어 있었던 때라,
미소도 짓고 식구들 눈도 마주치라고는 했지만
자신이 없고, 가식 같았다

날도 더운데 대체 무슨 일인가 하고

큰 소리 나오자, 제일 먼저
반사적으로 머리 빗다가 튀어나온 옆집 고모네 며느리

남의 이목 때문에 부끄러워 소리도 마음껏 못 지르는,
일 나갔던 언니가 돌아오는 길에나 사 왔을
6,000동짜리 빵 한 개 때문에 벌어진 싸움,
더럽고도 치사한 소동

끼니

왕겨 담은 포대 여남은 개가 차곡차곡 뒤란 벽에 기대 쌓여 있습니다
부엌 한구석 쌀 항아리에는 식구들 양식으로 쓸 쌀이 담겨 있고요,
플라스틱 바가지로 왕겨를 흘리지 않고 조심스럽게 떠다 붓고
코코넛나무 마른 잎 부러뜨린 거랑 망고나무 말린 장작개비랑
아궁이에 불을 때서 밥을 해 먹고 생선 반찬도 해 먹습니다
그래서 끼니때가 되면 온 집 안이 연기로 매캐해집니다
연신 기침도 콜록콜록,
향(香)을 아끼지 않는 민족답게 조상께 제사를 극진히 모시고
아침에 일어나면 약간 쓰고 텁텁한 녹차 마시는 풍습은
입안이 맑고 정신까지 개운해져 참 닮고 싶습니다
씻은 식기들은 먼지가 들어가지 않게 엎어서
대바구니에 담아 일광소독을 하고요,

설거지 끝난 우물은 여기저기 흩어져 있던

병아리 중닭들이 몰려와 밥찌꺼기를 쪼아 먹고 재벌 청소가 됩니다

이발소

미진하게나마 바깥바람이 안으로 잘 통하게
창을 활짝 열어 환기를 해두었고
출입문 아래는 묵은 널빤지로 막아
개나 고양이 따위 짐승의 출입을 제한한 듯싶었습니다

향을 꽂은 개수가 꽤나 되는,
머리 위 높이에는 제사를 지내는 제단이 있었고요
향을 태우고 있지는 않았지만, 약한 향냄새가 납니다
지나가는 오토바이들로 먼지가 좀 앉으면 어떠냐 싶어,
소제한 지 꽤 오래되어 보이는 벽에는
비나텍스마트에서 받은 홍보용 캘린더가 도드라지게 눈에 띕니다

이발관 맞은편은 농약사,
농약사 주인은 어디 갔는지 통 보이질 않고
그 옆 미용실에서는 여자 손님이 머리를 단장 중입니다

어린 학생이 나보다 먼저 와서 목을 이발사에게 내놓고
간지러움을 참느라, 발가락을 꼼지락꼼지락 마무리 면도를 하고 있고요
설 명절을 끝낸 뒤끝이라 사람들이 줄을 서서 붐비지는 않습니다

이발 중에도 오토바이를 탄 청년이 하나
다음 순번으로 기다리는 것이 그래도
장사가 안 돼 밥을 굶거나 그러지는 않을 것 같아
기분이 좋은, 시골 이발관에서
꼭 2년 만에 다시 와 머리를 깎고 기념 촬영을 합니다

채과(菜果)

—만(man)*

그러니 대나무 장대를 재주 있게 깎아 다듬어서
손처럼 길게 뻗어 열매를 따요

나는 북두칠성이 어느 곳에 박혀 있고
어디에서 해가 뜨고 달이 지는지 북쪽이 어디인지도 헷갈리는
낯을 잘 가리는 편인 이방인,

하루 두 끼만 정식으로 왕겨에 불을 붙여서 식구들을 위해 밥을 짓는
갈라진 코코넛나무 열매 잎사귀를 손으로 헤치고
바나나 나뭇잎을 젖히고 향채(香菜) 박하 잎을 뜯어서,
그걸 씹으며 앞에 나타난 야위고 키가 작은 콧볼이 넓은 여자

논라를 쓰고
이마에 송골송골 땀방울이 맺힌

국제공항이 있는 호치민에서 차로 네다섯 시간쯤 달려야 닿는 곳,
시골 베트남 여자

학교 다닐 때는 자전거로
처녀 때는 오토바이로 회사도 다니다가

누군가 말을 걸면 두루 이곳 시골 사투리가 끼어 있을
억양이 악보를 보고 현악기를 타며
노래를 부르는 것 같은 착각이 드는 여자
쌀국수에 월남쌈을 잘 만들어주던

아나, 가져라
한국에 시집와서 금세 떡두꺼비 같은 아들 하나를 점지받아 낳아준 여자

---

* 영어로 워터애플이라 하며, 종 모양을 한 도금양과의 과일로 갈증 해소에 좋다고 함.

돼지 실은 오토바이

오토바이 짐받이에 80킬로그램짜리 돼지 한 마리 싣고
먼지 풀풀거리며 간다
나무다리를 건너면 곧바로 비포장도로
위태위태 뒤뚱뒤뚱
얼굴 원래부터 시커멓게 생겨먹어서
먹었는지 안 먹었는지는
대뜸 한번 불어보라고 입에다 갖다 대는
측정 기계가 아니면 잴 수가 없는 음주 사실,
해장으로 아침 술이나 퍼먹고 간다
냄새나는 오리막에서 오리도 키우고 돼지도 키운다는,
낡아도 한참이나 낡은
담배 많이 먹은 여든 노인네처럼
천식을 앓는 고물 오토바이 툴툴거리며
네발이 묶인 검은 털과 흰 털이 반반씩 섞인 암돼지,
똥 찍 싸고 아침도 굶고 닭똥 같은 눈물 흘리고
입에서 하얀 게거품 나오고
제발 목숨만 살려달라고

고래고래 소리 지르다가 목이 쉬어,
멀리 제복 입은 공안(公安)을 보고 가슴이 철렁 내려앉거나
잔뜩 긴장해서 말할 때
입가에 마른침이 하얗게 끼는 습관이 있는
돼지를 싣고 온 오토바이 주인은
하이바 벗고 특유의 천진난만 미소로
슬그머니 인사를 건네는데
마흔이 조금 넘었지만 벌써 시집보낸 큰딸이 있다는
호박만 한 빵나무 열매가 힘겹게 매달려 있는 집,
이가 망가질 대로 망가진
동네에서도 알아주는 중늙은이다

작별

남들 다 자는 새벽 두 시경에
돼지 잡아 고사 지내던 친정집을 떠나왔다
한 사람은 손짓으로 어여 가라고,
가서 꼭 전화하마고
헤어질 때 밖에서 보이지 않던 눈물
돌아가는 차 안에서
손수건도 찾을 새 없이
마스크로 눌러 찍을 때,
붙잡아도 붙잡을 수 없는
차창 밖 풍경, 풍경들
무뚝뚝하기만 한 남편도 이제는 더는 못 믿겠고
공항까지 가는 길에
아직 젖도 떼지 않은 어린놈을 꼭 끌어안고
눈 감고 깊은 숨 몰아쉰다,
울어서 코맹맹이 소리로
코가 막혀
다 어두워질 때까지

제3부

다래끼

할머니나 고모들 눈에 혹시 다래끼라도 생기면
할머니는 꼭 내 불알로 눈을 문질러야 낫는다고 했다
이대로 눈 병신이 되는 것을 보고 싶으냐고
고모와 할머니는 덩달아, 몇 번이나 웃으면서 겁을 주면
나는 망설이고 망설이다 하는 수 없이 눈을 꼭 감고
엉덩이 까고 바지춤을 내려
할아버지 새끼손가락만 한 고추를 내주고는 했다
그러면 신기하게도 할머니 눈의 다래끼는 씻은 듯이 나았다
고양이가 마루 위에서 물걸레처럼 딱딱하게 얼어 죽는
눈이 엄청나게 많이 오던 일곱 살 때의 겨울이었다

귀농 현상

번잡한 도시 생활은 접고
사랑하는 우렁이 같은 각시랑 아들 딸내미랑
요즘 한창 유행한다는 블루베리 농사나
지을 생각으로 내려왔다는 시골,

고장 잘 나는 1톤 트럭이라도 끌고
자갈길 가다 보면
드넓은 야산에서는 난데없이 엉덩이가 튼실한
고라니가 질주하기도 한다

택시비 아끼려고 무작정 걷는 길에
머리는 벗겨졌지만 마음씨 착한 기사를 만나,
앉은 자리가 곧바로 가시방석이 되는
공짜 차를 얻어 타기도 한다

한 몇 년 동안은 그렇게
인상 참 좋은 비료 공장 사장님처럼

창 앞에다 층층나무를 심을까
아니면 가죽나무를 심어두고 볼까
고민하지 않을 수 없었다는 곳,

누군가 와서 한 번쯤은 쓴 것 같은
그렇고 그런 눈물 없는 함박눈이 시처럼 와서
집 마당에 쌓이면, 묵은 김장독 뚜껑을 열고
맛난 김장 김치로 밥을 한 공기 비운 사내가 또
기어 다니는 곰처럼 게으르게 문을 밀고 나와
뜰 안의 눈을 치운다

들은풍월이 있어서 쓰긴 썼으나,
볼품없이 말라 죽은 족제비를 두엄자리에 던지듯
이렇게 흔해빠진 그렇고 그런 놈의
먹지도 못할 시 따위야 이제 그만
접어, 작파해버렸다고

코 잡는 것

끼니때 사료 먹는 칸으로 들어오면 딱, 소리를 내며
옴짝달싹 못하게 가둬버리는 시설도 있다지만
소 발정이라도 오면
뿔에 줄을 걸어 수정시켜야 하는 거니까,
아픈 소 주사라도 놓으려면 애를 먹일 테니까,
밧줄로 묶여버린 소 버둥거려도 소용없게 만들려면
코 잡는 것이 필요하겠다고
달리 부를 이름도 마땅찮아 그냥 코 잡는 것이라,
하면 또 어떻겠느냐며
대산동물병원 박 원장이 브루셀라병 검사
채혈하러 왔다가
요긴하게 생겨먹은 물건 하나를 주고 간다

집게처럼 생긴 것을 두 콧구멍에 끼우고는
줄을 당기면 제아무리 뿔 짱짱하다,
힘자랑을 해쌓던 한라장사급 비육(肥肉) 소라도
금융감독원 감사처럼 쩔쩔매게 만드는 물건,

예전 할아버지께서 키우시던 소는 멍에 자리와
찌렁찌렁 워낭 소리를 내며
활처럼 휘어 코에 꿰었던 코뚜레도 있었지만
우연히 창고 청소를 도맡아 하다가
미리 여벌로 만들어놓은 코뚜레도 여럿 보았지만,

한번 잡혀본 자여야만 모름지기 그 맛을 제대로 안다는 듯
듣기만 해도 무시무시한,
한번 잡혔던 소가 눈물 찔끔 짜고 풀려난 뒤
뒷걸음치게 만드는 물건

안개 걷힌 골짜기

기계의 도움 없이
순전히 사람의 힘으로만 조성했다는
계단식 논으로도 유명한 곳,
베트남 북부 사파에서
98킬로미터쯤 떨어진 박하 시장

외딴 시골 장터라고 하는 곳이 으레 그래서
의자 하나 갖다놓고
올 테면 오고 말 테면 말라고,
벌써 두어 끼니쯤은 굶은 것 같은
관(官)에서 허가도 받지 않은
중년의 말라깽이 이발사가
바리캉을 들고 서 있는 자리가 바로 이발관이다

한번 타보고 싶은
옛날 할아버지 적에는 집집마다 일소였다는,
양쪽으로 휘어 치솟은 뿔이 길고 또 굵으며

몸빛이 검고 무섭게 생긴,
연기는 좀 나겠지만
짜우라는 물소의 뿔로 부항을 뜨면,
광고는 내지 않았어도
아는 사람은 다 찾게 되는 두통약처럼
아팠던 머리가 낫는다는 속설이
때 절은 옷소매에 묻어 있는 곳

오토바이 길
찬거리라도 사러 온 것처럼
돌부리 차이는 이른 새벽에
이슬 머금은 비포장 길을 걸어 걸어서
몇 푼 쥐여주고는 청해
그곳 민요라도 한 곡조 듣고 싶은,

치아에는 씹는담배 물이 예쁘게 들었고
알아들을 수 없는 독특한 사투리로

꽃흐몽족 여자가 땅바닥에다 버젓이
집에서 직접 수확한 흙 묻은 붉은 감자를 내놓고
팔고 있는 곳

도마뱀이 몇 마리

머물러 있는 동안
꼭 그렇고 그런 것들에게만 확 꽂혀버리는
묘한 버릇이 생긴 내가 처음엔 좀 우습고 의아했던지,
벙글벙글 미소만 짓는 처갓집 장인어른이
이다음 도훈이가 좀 더 커서 다시 오면 꼭 보라며,

증조할아버지 대(代)부터 내려왔다는
오래된 집 허물고 새로 지은 큰 집
정원수로 심어놓은 나무에 딱 달라붙어 있는 것이
고동처럼 생겼지만 실은 달팽이였다

병으로 썩은 망고 열매에 붙어 사는 애벌레,
이곳 외할아버지와 외할머니를 꼭 닮은
어미 닭과 병아리였다

찬거리로 쓰려고 이른 아침 시장에서 공수해 온
비늘과 지느러미에 붉은 빛이 도는

붕어가 세 마리에 메기가 한 마리,
연신 꼬리를 흔들어대고 고개까지 갸웃거리는 이웃집 개와
돼지우리 속에 흑색 꿀꿀돼지가 여남은 마리

여자인지 남자인지 잘 구분이 가지 않다가
결국엔 여자처럼 보이는 남자라고 단정해버린
탄푸쭝 시장을 떠도는, 다리를 저는 못난이

한국으로 시집가고 싶어 한다고,
일부러 우리 내외를 한번 보러
올해로 스물여섯 먹었다는 외삼촌의 친손녀가 와서
녹차만 마시고 별말도 없이
어색하게 앉아 있다가 싱겁게 오토바이를 타고
집으로 돌아가버리기도 했던 날은,

밤이면 쥐처럼 찍찍거리고 텔레비전을 보고 있는 대낮

에도

저희들 생활의 터전이며 운동장이라도 된다는 듯
집 천장에 빈번하게 출몰하는 도마뱀이 대체 몇 마리?

떠날 채비

친정집에 간다고 아이 재워놓고
동계 훈련 군인 군장을 싸듯
부스럭거리며 아내가 짐을 꾸린다

몸이 안 좋은 장인 장모를 위해
약재 시장에서 구한 인삼이며 영지버섯이며
식구들에게 전할 선물 꾸러미들,

혹시 감기라도 걸릴까 봐
어린이집도 일주일 전부터 결석시키고
방구석에 진열해놓은 가방 하나 툭 건드려
무슨 짐이 이렇게 무겁느냐
분위기도 모르고 무식하게 한 방 먹이려다가

몇 달 전부턴가 비행기 타고 외갓집에 간다,
수선깨나 떨어대는 아들놈이며
벌써 마음은 고향 앞으로 가

논둑길을 걷고 있을 아내를 생각하면

겨우내 몸무게가 3킬로그램이나 불어버린 것도
어쩌면 신간이 편해서겠지만,
무뚝뚝하기가 꺼칠꺼칠 두꺼비 껍질 같은
짐이나 달아보자고 얼른 저울 갖고 오라는 아내의 말을,
애써 길들여놓은 당나귀처럼 고분고분 잘 듣는 것이다

돌 사진

베트남사회주의공화국 인민들에게 친근한 민족 영웅
호치민 아저씨 사진은 아니지만,
장인어른네 집에 가면
거실 한쪽 벽에 걸려 있는 사진

집 안의 액자형 사진 중에서 단번에
서열 1위가 되어버린 도훈이 돌 사진

식구들 논일로 눈코 뜰 새 없이 바쁘다고
한 며칠 털지 않아 먼지가 뽀얗게 내려앉고
다리가 불편한 장모님이
한동안 걸레질 못해 파리똥이 묻었을지라도,

멀리 사이공 시에서나 버스 타고
대사(大事) 때 손님이라도 오면 눈에 확 띄어
거실 의자 드르륵, 소리가 나게 뒤로 밀어내고
누구나 한 번쯤은 빤히 들여다볼 사진

난 지 13개월 지나
두 개 뽑아서 하나는 우리 방에다 걸고
한 개는 EMS로 처갓집에 보내,

먼지 묻지 말라고
전화기를 얼굴 닦는 수건으로 덮어놓은 자리 바로 그 위에
도훈 엄마 한국에서 찍은 결혼사진과 함께 걸려 있는
외손자 도훈이 돌 사진

묵은지

처음엔 어떻게 이런 걸 다 먹고 사느냐
절레절레,
빨랫줄에 걸린 빨래집게처럼
엄지 검지로 코를 막는 시늉을 하더니만

고무줄에 튕겨 나간 돌멩이처럼
세월 가니 차츰 김치 익은 맛을 알았네
묵은 김치로 참치 넣고
찌개도 제법 잘 끓이네

국적 따고 난 뒤로는
누엔티빛리엥에서 한채연이라 개명도 하고
한국 사람 다 되었다 자랑이라도 하고 싶었던지
요즘 들어 부쩍 국제전화 통화 시간이 길어진 아내,

장인어른 논에다 이삭거름을 주듯
한글로 이름 가르쳐준다고 꼭꼭 눌러

연필심이 부러져라 힘주고
김도훈이라 글씨도 종이에 써서

잘 한번 써보라고
눈깔사탕 깨물고 앉아 있는 아들놈한테
머리 쓰다듬어주며
폴폴 된장 냄새가 나는
훈장 노릇도 곧잘 하는 아내

들돌

참 오랜만에, 햇수로 딱 2년 만에
끼니때마다 바싹바싹 마른 코코넛 나뭇잎과 장작과
왕겨 태운 불로 고슬고슬한 밥도 해 먹고
좀 덥다고 선풍기 틀고 모기장 치고
코까지 드르렁드르렁 골며 잠도 자고

아주 예전처럼 그렇게 거기 매양 살아왔던 한솥밥 식구처럼
아내의 집 처갓집에 백년손님이라고
다시 찾아 책상 앞에 앉아보니
새벽녘과 아침이면 제법 서늘한 바람이 와서 앉고
자갈을 깔아놓은 길에
오토바이가 지나가다 일으키는 먼지가 날아와 앉고

아니나 다를까, 그 흔하디흔한
남성용 란닝구라도 하나 사서 걸치지 않고
대낮이면 덥다고 여전히 웃통 벗고 계시는

아내의 고향 처갓집 장인어른이

옛날 우리네 동네 사람들이 잘 나다니는 길 한구석에다
들돌을 갖다 놓아
그걸로 성인식 시험을 한 번씩은 다 보듯,
남해화학 복합비료 20킬로그램짜리 한 포대 무게쯤은
너끈하게 나갈 외손자
우리 아들 도훈이를
한번 번쩍 들어 올리려다가
몸에 천식기가 좀 있어 힘에 부치는지 그만두셨다네

못 보던 새에 외손자 강아지가 많이 커버렸다고,
크고 살이 붙은 것이 물 항아리가 다섯 개씩이나 있는
뒤란 한쪽 구석에다 멀리는 못 도망가게
망까지 쳐놓고 키우는 검은 오리 열일곱 마리와
울타리를 해놓은 아직 유년의 과실수만은 아니었다고,

자고로 시골집 외할아버지라면 풍채가 이쯤은 돼야 한다는 듯
앓고 있는 이까지 다 내보이며
머리 희끗희끗한 그분이 흐뭇해서 껄껄껄 웃으시는데

안개가 걷힌 뒤 아침 일찌감치 먹고
논두렁에 앉아 빙, 둘러서 보는
벼들도 눈부시게 초록빛으로 벌써부터 일가(一家)를 이루고 있었다네

어미 오리 곁에는 오리 새끼가
도훈이가 베트남 말로 제 막내 외삼촌을 부르듯, 가욱가욱거리고
이곳 매력 만점 메콩델타에서 터를 박고 누대를 그렇게
조상 제사를 극진히 모시며 살아오셨듯,

우리네 시골 감나무만큼이나 흔하디흔한

나도 이곳에다 아직 시큼하기만 한 열매가 주렁주렁 매달린
망고나무가 서 있는 곳 옆에
엉덩이가 참으로 진득하고 묵직한,

바가지가 한 개 가라앉지 않고 덤벙덤벙 떠 있는
생활에 꼭 필요한 물 항아리 하나쯤으로
10년이고 20년이고 더 그렇게 머물러 있고도 싶었다네

밥상

입으로 후 불면 날아간다는
장립종의 안남미,
이곳 말은 자는 놈을 떠메 간다고 해도
하나도 알아들을 수 없는 내가
끼니때 되면
털털할 것 같아도 물청소를 벼락같이 어찌나 잘해놨던지
의외로 깨끗했던,
이웃집 고모부네 돼지굴의 종돈처럼
밥그릇에 코를 쿡 처박고 먹는다
장인어른도 장모님도
몇 해 전까지만 해도 의례적으로 나랑 함께 겸상하시다가
멀뚱멀뚱 말도 않고 서로 민망하니까
번거롭지만 그게 편해서
먹는 것도 다르고 식성도 달라
상 두 개씩 놓고 따로 먹는다
나이 먹고 늙으면 뒤통수에도 눈이 달린다는 듯
볼 것 다 보고서도 못 본 척,

가깝지도 않고 그렇다고 멀지도 않은 거리에서
한 번도 입에 대보지 않은 김치처럼
비위 상한 향채처럼
번갈아가며
안 주면 서로 서운해서 못쓰겠다는 듯
눈칫밥을 먹인다

기상나팔

설 명절에는 술 거나하게 드시고
노래방 기계 스피커까지 있는 대로 다 크게 틀어놓고
노래도 악쓰듯 부르시던
옆집 고모부네 집에서는
돼지우리에다 새끼 돼지를
스무 마리 남짓 키우신다는데요

우렁이가 많은
진흙논이 가까운 우물가에서는
물 냄새가 나는 밤이면 귀뚜라미 소리,
개구리가 우는 소리
아니나 다를까 아직 동도 트지 않은 새벽녘이 되면
장닭이 우는 소리, 그 닭 우는 소리에 기를 쓰고 나서서 개 짖는 소리
그 개 짖는 소리에 화답하듯 오리 꽥꽥거리는 소리
이웃 고모부네 집 돼지가
하도 꿀꿀거려서 마침맞게 꿈도 좋았던 단잠이 깨버렸

는데요

돼지 똥 냄새가 난다고
장모님이 닫아만 두었던 창문 살짝 열고 눈 비벼서 엿보았더니
부지런하다고 자랑이라도 하듯 거기
벌써 일어나서 돼지굴 청소도 지성으로 깨끗하게 끝내놓고
돼지 밥 주는 바로 그 소리였던 모양이에요

밤 아홉 시 뉴스만 듣고는, 내일 비 안 온다는 날씨 예보만 끝나면
불 딱 꺼버리는
완고하기가 황소 부사리 뿔 같았던 시골 외갓집 할아버지들처럼
모기장 치고 밤이면 밥도 먹고 일찍 잠자리에 들었다가도
집에서 제일 먼저 새벽같이 일어나시는 장인어른도 한

못, 단단히

녹차 물을 끓이는 매캐한 연기에
평소 같았으면 말도 꺼내기 전에 귀찮아져
싫다고 손사래부터 쳐댔겠지만,
당장 복권 장수를 만나면 복권부터 살 만한
마침맞게 좋았던 꿈도 내버리고 잠이 깼는데요

벌써부터 어쩌자는 것인지 오토바이들이 왔다 갔다 하고
아직 안개도 걷히지 않은 이른 시각, 하루의 시작을 알리는
건전지가 필요 없고 단 한 번도 어긴 적 없는
바로 그 소리와 냄새로 알람을 해놓고 일어나는
아침 기상 시간이지요

테두리가 다 헤진 논라

한낮이면
테두리가 다 헤진 논라를 쓰고
집안일을 보는
장모님이 살고 계신
처갓집에도 달력이라는 것이 있었지
그래서 삼시 세끼 챙겨야 하는
밥때가 있었지

사람도 밥을 먹으니,
하다못해 사료라도 손으로 주물럭주물럭 버무려
오리도 뭘 좀 먹여야 했고
조상을 극진히 모시는 제사가 있었고
마당에도 한편에 조촐한 제단이라는 게 있어
장인어른은 저녁마다 두 손 모아 향을 올리셨지

한 달이 쫙 펼쳐 나와 있는
그래서 전체 장수가 열세 장쯤 되는 달력이 아니라

화장실이 급해서 하루가 먼저 뜯겨 없어지기도 하던
일 년 365일 한 장 한 장 뜯어내야 하는 달력이었지

한 달을 작심하고 떠난 베트남에서
속 시원히 대화 한번 하지 못하는,
일 년이 비가 많은 우기와 건기로 나뉘고
구장을 씹어 이를 물들이는 풍습이 있었다고 하는
남북으로 길게 S자처럼 뻗어 있는 아내의 나라,
누가 건드리지 않아도 한낮에는 덥고 짜증도 났지만
달력만 쳐다보며 한 장 한 장 뜯어내는 재미로 하루하루가 갔지

고시랑고시랑 손자놈들한테
뭐라고 뭐라고 막 잔소리하면서
몸이 안 좋아 일주일마다 약을 사서 쟁여야 하는
장인어른 장모님의 하루해도 그리 짧지는 않았지만,
처음엔 소라처럼 커다랗게 달라붙어 있어 우렁인 줄 알

았는데
나중엔 못 먹는 달팽이라고 가르쳐주었고

허술하기 짝이 없는 망을 쳐서 키우는 뒤란의 오리들도
그리 멀리까지는 가지 않고 인근에서만
구정물인 진흙논에다 주둥이 처박고 쩝쩝거리는 재미로
살고 있었지

입덧

망고나무 그늘에 성큼 들어서는 이가
먹을 것 하나를 두고도 뺏고 뺏기는 병아리와
갈퀴처럼 번갈아가며 부지런히 두 발로 땅바닥을 긁어대는
어미 닭뿐은 아니라서

벌써 아침 식사는 끝내고 오셨는가
옆집 돼지 키우는 고모부가
아침 일찌감치 망고나무 그늘로 들어가길래
얼마 남지 않은 날, 한국으로 가져갈 풍경 사진으로라도 몇 장 남겨볼까 하다가

혹시 아직 그런대로 쓸 만한 휴대폰이라도 잃어버렸나
아니면 풀숲에 숨은 달걀이라도,
요리조리 뭔가를 찾는 듯해
뭘 하나 물끄러미 보고만 있었는데요

가만히 불쏘시개를 밀어 넣으며 하는 아내의 말을 들어
보니
결혼한 둘째 아들이 함께 산다는 옆집 고모부네,

며느리가 몇 달 전인가 임신을 해서, 신 것이 먹고 싶대서
장에 나가 몇 개 사 오면 될 텐데 꼽꼽하기가 이를 데 없는,
잘 씻고 벌레 먹은 거라도 몇 개 깎아 먹이고 싶었던지
틀림없이 접시에 가져온 양념장에다 쿡쿡 찍어 먹겠지만

신맛이라면 한가락 한다는
시푸른 그 망고 열매가 땅바닥에
떨어졌는가 안 떨어졌는가 보러 왔다가

약간 누르스름한 빛깔의 망고 열매도 몇 개
두 손 가득 귀물(貴物)이라는 듯, 쥐고 가신다네요

할머니 제사

끼니때마다 음식을 지어 날라 모두 세 번은
상을 올려야만 끝이 난다는 제사,
무슨 의미를 담고 싶은 해의 제사는 음식 장만을 더 푸짐하게
극진히 모신다는데,

할머니 제사라고 고모들이 다 모였다
코코넛 열매 속을 쓱쓱쓱 긁어 한가득 준비해두고
묶을 끈도 사고 바나나 잎도 마련해서
찹쌀 넣고 녹두 바나나가 들어간 반뗏을 만든단다

누가 뭐라 해도 음식 맛은 손맛이라, 정성이 들어가야 더욱 맛이 나는
베트남의 전통 떡 반뗏,

인근 시장에서 한 뭉치 향도 미리 사다가 제단 옆에 놓고
한동네 산다 해도 나눌 이야기 무궁무진,

세상 돌아가는 이야기에 세상 사는 이야기
오랜만에 마당에는 반뗏 삶아낼 솥이 하나 걸린다

장인어른 불티 안 날리게 신경 써서 불 보느라 왔다 갔다,
구색을 갖춘 제사라고
돼지 잡는 기술이 좋은 동네 사람 하나 불러
새벽에는 고사도 지내고, 제법 큰 돼지도 한 마리 잡는단다

모처럼 오고간 술이 과했던지 드르렁드르렁 코까지 골며
끼니도 한 끼 거르고서 달게 자는 손자의 잠,
웃음꽃 피어나는
돌아가신 할머니 제사가 남은 식구들을 먹인다

망고

장인어른이, 장작개비 쌓아둔 작은 헛간채 같은 데에다
두고두고 쓸 그물 침대 하나를 달아놓고
포대 자루처럼 거기에 몸을 담아버렸다

농한기인가, 논에 들어가 피도 뽑지 않는
흔들흔들 무슨 생각을 그리 하시는가
다리를 약간 저는 장모가 여기저기 치울 것은 치우고
왔다 갔다 해도, 근심 없이 살 수 있는 하루는 멀다

남은 날은 얼마인가 머물렀다 떠나갈,
끼니를 걱정하고 옷걸이마다 하나씩 걸려 있던
아침에 널어둔 빨래는 다 말랐다

똑똑해 보이고 다람쥐처럼 몸이 잽싼 린과
벌레 먹은 이 때문에 소리 질러 울던 니도 다들
학교 가버리고 없는 날, 망고나무에
둥글게 철사를 하나 오그려 달고 망을 씌운

대나무로 된 장대가 하나 기울어져 있는 오후,

소변보러 나왔다가 깨달은 장인어른 논에서는
벼이삭은 패었으나, 남의 논처럼 무덤덤하고
좋은 시를 쓰고 싶어 했으나, 옮기지 못했고

겨울이 오기 전에 서둘러 활엽수 나뭇잎이 지듯
어떤 주술과도 같은 행위,
한여름 지붕 위에 진눈깨비가 내린다 해도
내 시에는 이제 감동도 재미도 없다

따서 바구니 같은 데에다 신문지로 싸뒀다가
진득하니 이삼 일은 후숙 해서 먹는다는 망고,
누가 와서 여물기 시작하는 저 뒤란의 망고를 딸 것인가

새집 증후군

한때 원더걸스 〈노바디〉와
싸이의 〈강남스타일〉 말춤이 유행했다는 곳,
한국에서 선물로 가져온
스마트폰의 기능과 동영상에 매료된
젊은 식구들이 무리를 지어 앉은 곳 한편에
도훈이가 서랍을 열고 꺼내 온, 이젠 구형이 되어버린 휴대폰 두 개가
주인을 잃고, 애들 장난감처럼 방바닥을 뒹굴고 다녔다
아이스박스 대신 일제 Toshiba 냉장고가 한 대
새로 생기고 나서부터
얼음의 생산과 음식물 저장 보관이 훨씬 편해졌으며
대신, 전기세가 좀 올랐다
잡음이 심한 편인 전화기는 날짜와 통화 시간까지
디지털로 찍히는 신형으로 교체되었다
보기엔 아직 쓸 만하고 옛것이라도 고풍스럽고 좋기만 한데,
탁자와 의자를 손이 아닌 발로 차듯 건드려 가리키며,

바꿔야만 될 것이라고

두루마리 휴지를 조금 떼어 바나나 잎을 젖히며, 일 보고 나온 아내가 말했다

유리창 깨진 것을 옹색하게 투명 테이프로 이어 붙이기 한 오래된 찬장이 하나

거실 어두운 한구석에

손가락으로 쓱 문지르면 묻어나는 바닥과 선반 위에 쌓인 먼지가

제 유일한 양식이라도 된다는 듯

겹 잔뜩 집어먹고 숨죽이고 있다

바늘

비상사태라고 하는 게 으레 그래서
린 누나도 니 누나도 다 자전거 타고 학교 가버리고

어쩔 수 없이 사는 것이 그냥 사는 것이라고만 알고 있는
나무늘보처럼 느려터진 어른들만 집에 있는 날,
매미 우는 소리처럼 사이렌이 한 번 길게 울었다

어찌나 길고 울림이 큰 사이렌 소리였던지
옆집 돼지굴에선 배 깔고 낮잠 자던 돼지가 깜짝 놀라고
오리장 그늘에서 저희들끼리 조용조용 놀던 오리들이 꽥꽥거리고

나중에 도훈이한테 듣게 된 말이지만
제 딴엔 수련을 한답시고,
돌로 된 의자에서 탁자로 몸을 옮기려다가 뒤로 넘어져서 그만
뒤통수가 깨져버렸다

상처에서는 진한 붉은색 피가 흘러나오고
떨어지다가 이로 앙 물었던지 혀에도 피가 고여
죽어라 울어대는 아들 도훈이 곁으로
온 집안 식구들이 다 달라붙었는데

누구는 얼른 밖으로 뛰어나가더니만
바나나 잎을 짓이겨 오더니 그걸로 꽉 눌러주라 하고,
나는 비상 약으로 가져온 빨간약이나 소독약이 혹시 없느냐고
그런 것도 안 챙겨 오고 대체 뭐 했느냐 큰 소리 치고

용케 하나 챙겨 온 후시딘을 발라주려다가
머리카락 떠들고 살펴보니 제법 상처가 깊고 큰 것 같아
속이 상해 있는데

도훈 엄마 화장지 조금 떼어 피가 나는 곳을 눌러 대충

피만 멎게 하고

아무래도 꿰매야 할 것 같아

인근 병원으로 가자 했으나

읍내 병원으로 가자니 멀기도 하고, 엑스레이라도 찍자고 할까 봐 겁나기도 하고

탄푸쭝 시장 안에 딱 한 곳 있다는,

안경은 썼으나,

의사인지 약사인지 장사꾼인지 자격증은 있는지 분간이 잘 되지 않는

약도 팔고 화장지도 팔고 링거주사도 놔준다는

30년 경력의 의사라고 해서 그냥 그런가 보다,

중로(中老)의 여자 의사한테 가서 상처 보여주고

두 바늘이나 꿰맸다

잘 놀다가 찢기거나 긁힌 아이들 상처에는

약이 된다는 풀부터 짓이겨 와서 발라주는 게 전부인

이곳 외할머니 외할아버지가 날이면 날마다

불 때서 밥도 해주고 국도 끓여주고 머리카락도 모두 하얀 주술사처럼
도훈이 다친 머리를 쓰다듬어주고 어루만져주고 해서
일주일이 지나 실밥도 뽑고
우리 도훈이가 귀신같이 다 나았다

아홉 마리 용이 그려진 물 항아리

벗이 없는 성격 탓도 있겠지만
마침맞게 머물던 때가 농한기라서
어쩌다 망고나무에서 따 온 망고가 생기면 망고도 같이 깎아 먹고
어디선가 수박이 몇 개 들어오면 수박도 잘라 먹고
며칠간은 낮도 안 가리고 서로 잘 지내보려니 하다가도

말똥말똥거리는 눈으로 얼굴만 보고 있자니 뭐해,
장인은 밥숟갈 빼자마자, 장작을 쌓아둔 헛간 그물침대에
장모는 빨래나 설거지 할 때만 쓰는 물 항아리가 따로 모셔져 있는
우물 곁 그늘 돌의자에
나는 번질번질 잘 닦인 향로가 있는 제단 탁자에
말없이 가서 숨는 곳이 다 하나씩은 따로 있어서

아무래도 나는 예사롭지 않은 이곳 물 항아리에 관한 그럴싸한 시를 한 편 써볼까 하는 궁리를 하고,

몸통에 용과 함께 주작인지 봉황인지 상서로운 짐승이 한 마리씩 그려져 있는
빗물을 담아둔 항아리에서 물을 떠서
새벽같이 일어난 장인어른이 기침을 몇 번,
녹차 데운 물을 끓여 플라스틱 물병에 가득 채워 넣는 일을 하고,

귀염둥이 우리 도훈이는 아직 철이 없어서 촐랑대며 까불다가
망고 먹고 남은 씨를 모래땅에 묻어 넣더니, 지극정성으로
생각날 때마다 한 바가지씩 떠서 물을 준다고
항아리 뚜껑을 열어쌓더니만

마침내는 식구들이 다 모여 앉아 밥을 먹는 자리 앞에서
보란 듯이 비누칠해 손까지 씻어버린
모두 아홉 마리의 용이 새겨진 물 항아리

도훈이의 화상

한국 돈 20만 원을 베트남 동으로 바꿀 수 있다고 해서
기분 낸답시고, 오토바이 타고 읍내 사덱 재래시장 금은방 앞에서 내리다가
도훈이가 외삼촌이 몰던 열이 달은 오토바이 연통에
다리가 닿아 화상을 입어버렸다

닭똥 같은 눈물을 흘리며
도훈이 고래고래 죽는다고 울고
무슨 구경이나 난 듯 시장 안 사람들이
한 번씩은 다 쳐다보는데

그 속에서도 얼른 장난감 가겟집 아저씨는
시원하게 찜질이나 해주라며 얼음을 가져다주고
금은방 주인은 피부 연고를 내밀었다가 여의치 않았는지 거두고는
치약을 들고 나왔다
금은방 손님으로 온 듯한 스님 한 분은

화기 빼는 데는 알로에가 좋다며
어디서 났는지 알로에까지 내미는데,

쌈짓돈 20만 원을 여기 돈으로 바꾸고
읍내 약국에 들러 화상약 사 들고
집으로 돌아와서는 기분까지 꿀꿀해서
한국 돈 20만 원이 동으로 얼마였냐고 묻지도 않았다

머리에 터진 상처 때문에 두 바늘을 꿰매더니만
오늘은 아무 죄 없는 놈을 화상까지 입혀놨다고
무슨 액땜이나 하듯, 주술에 걸렸는지
둥그스름한 흉터 외갓집 온 흔적을
몸에 문신처럼 한국까지 새기고 가게 된 도훈이,

저녁에는 내심 짠해서 약이나 발라주려고
잘 익은 삼겹살 빛깔 같은 상처나 좀 보자고 하면
기겁을 하며 발을 뺀다

가출

의사소통을 해야 될 텐데
기름칠한 떡방앗간 체인처럼 원활하지 않아,
손가락으로 탄불이 꺼진 난로 속
잿더미 같은 글씨를 만들었다
그리 밝지만은 않은 얼굴 표정이 배경이 되어
가까스로 저녁 밥상을 차릴 수 있었다
얼마를 퍼내야 할지 몰라
덜었다 채웠다 하기를 여러 번,
멀리서 오는 사람은 눈이 먼 장님이거나
여기 말이라곤 하나도 모르는 벙어리라고,
전봇대에 줄을 맨 결혼 중매 회사
노란 플래카드를 낫으로 찢으며
낮달이 뜨던 날,
술 취한 청년은 말했다
원주민의 생활에 염증을 느낀
몇몇은 아이들을 버리거나
동반으로

마을을 떠나는 일이 종종 발생했다
가끔은 손끝이 바늘에 찔려 핏방울이 맺히기 일쑤인
미싱을 돌리는 봉제 공장에서
낯설고 서툰 자본주의 나라의 말이
익숙해져가기를 기다리고 있었는지도 모른다

해설 · 시인의 말

풍경의 바깥으로 나가기

김영범 문학평론가

1998년에 등단했으니, 햇수로 17년. 김명국이 문단에 나온 이후 이번 시집을 내기까지 걸린 시간이다. 한 아이가 태어나서 사춘기를 거치고, 이제 막 세상을 향해 달음질할 준비를 할 만큼 오랜 세월이다. 그동안에 그는 어떤 시와 삶을 지나왔을까. 그의 첫 시집을 앞에 두고 이런 생각이 먼저 든다고 해도 의아한 일은 아니다. 의문을 붙들고 읽기 시작한 시편들은 수월하게 그 답을 제공하고 있다. 물론 시집의 갈피마다 현상된 각각의 지금3여기'들'인 한국과 베트남 사이의 유사와 괴리는, 무기교에 가까운 언술의 직접성 그리고 착종된 시선이 만들어내는 내포의 중층성으로 인해 쉽사리 해명되지 않는 하나의 세계를 구축한다. 김명국의 시 세계를 조망하는 일은 그러므로 항공사진을 맨눈으로 판독하는 일과 닮아 있다. 두 눈의 초점을 애써 일치시키지 않아야 비로소 드러나는 입체. 그것을 제대로 보기 위해 유의해야 할 사항은 한쪽 눈의 초점이 우위를 점해서는 안 된다는 사실이다. 균형을 잃고 치우칠

때, 우리 눈이 새롭게 포착한 입체의 세계상은 사라지고 만다. 남는 것은 다시금 하나의 초점으로 모아져 마침내 소실되고 말 박제된 세계일 것이다.

꺼져가는 불씨들

시집의 1부에서 대부분을 차지하는 시들은 여태 결혼을 하지 못한 주체가 살아가는 농촌이 배경이다. 시인 자신과 거의 일체를 이루는 일련의 주체들이 보여주는 삶의 편편(片片)들은 그렇지만 절망이나 비애로만 채워지지는 않는다. 서른을 넘겼으나 "일 없이" 사는 아들이 "시 같지 않은 시"나 쓰고 있어서 걱정하는 모친이 계시지만(「이립」), 다니던 직장을 그만둔 주체가 "부족했던 잠 몰아서" 자고 난 다음 그래도 이번 일터는 저 들판의 "꽃밭"이라고 말할 때 그의 가슴에 떠오른 것은 분명 당찬 포부였을 터이다(「꽃밭 근무」). 하지만 김명국 시의 주체가 마주한 시골에서의 생활도 기쁨과 환희, 슬픔과 아픔이 공존하는 '사람 사는 세상'일 수밖에 없다. 가령 "송아지 한 마리를 얻을 기쁨"에 찬 젊은 농부의 마음 한구석에는(「새끼 낳는 저녁」), 죽은 송아지가 "차마 감지 못한 눈"으로 웅크리고 있는 풍경이 있다(「외바퀴 손수레 상여」). 그렇게 김명국 시의 주체는 불가항력의 세계 앞에서 "두 귀가 멍멍해지고, 눈멀면서 사는 것이 사는 것"임을 깨닫는다. 그런 그가 다시 눈을 치우기 위해 삽을 드는 장면은 그러나 살이 자체의 관성에 있지 않다(「눈 더미에 꽂아 놓은 눈삽 하나가」).

> 나팔꽃 눈들이 보랏빛 물방울을 터뜨려놓았다

풀 끝에 이슬을 손톱으로 톡톡 건드려
밤새 오므렸던 채송화 꽃송이를 부끄럽게 벌리면서
고요한 하루가 시작된다
봉숭아꽃들이 줄을 지어 늘어선 마당 한 귀퉁이
민들레가 피었던 산 밑 방죽에서부터
들판 안개가 살며시 밀려난다
나는 깊은숨을 들이마셨다가 내쉬곤 한다
울창한 수목들이 빽빽하게 들어찬 숲 오솔길
잎이 푸른 한 그루 상수리나무가 되고픈 시절이 있었다

(중략)

줍지 않은 논바닥 진흙땅에 박힌 이삭과도 같이
하늘 우물에 빠뜨린 눈썹 몇 개쯤 아득히 잊고
갈수록 빛이 나는 저 억새풀밭에 억새꽃이라든가
갈대가 바람에 몸을 꺾는 들판
후두두 잎 턴 싸리나무가 기러기 울음에 젖을 때
마음의 장작에 불씨 몇 줌 꺼내 노을을 지피고
감나무, 그 붉디붉은 전설이 까치밥으로 영근 대숲 마을에서
나는 동면하는 산짐승마냥 긴 겨울을 나고
이른 봄 햇살로 다시 태어나리라

_「대숲이 있는 작은 마을」 부분

등단작이다. 인용의 전반부에 등장하는 꽃들은 거개 여름에 피어난다. 그런데 주체가 서 있는 계절에서 그가 불러 모으는 시간들은 뜻밖

에도 민들레의 봄과 억새꽃의 가을 그리고 까치밥의 겨울이다. 한때 "한 그루 상수리나무"를 꿈꿨던 그가 여름 아침 투명한 공기를 마시며 떠올리는 것은 이 작은 마을의 사계(四季)인 것이다. 이 점에서 "동면하는 산짐승"처럼 주체가 내쉴 겨울의 '얕은 숨'은 여름의 "깊은숨"과 대응한다. 하지만 이 둘은 '대립'하지 않는다. 이들은 차라리 주체가 가진 호흡의 진폭을 보여준다고 해야 한다. 마치 나이테와 같이 그의 숨결은 한 해의 길이를 가지고 반복될 것이기 때문이다. 인용의 마지막이 말하는 바가 바로 그것이다.

눈여겨볼 점은 이 반복이 관성에 의한 순환이 아니라는 것이다. 예컨대 복권(復權)하는 "봄 햇살"이고자 하는 주체가 여름의 한가운데에 와서야 다른 모든 계절을 그러모은다는 설정에 유의하자. 겨울과 여름을 위시한 사계절이 나이테의 아름다운 무늬를 만들어내듯, 주체에게 이토록 "울창한" 세상을 펼쳐 보이는 힘은 모든 계절이 이룬 조화에서 비롯된 것이다. 그러나 무엇보다 해마다 순환의 파노라마를 새롭게 읽어내고 호흡하는 일은 주체의 몫이다. 요컨대 이 모든 순환의 핵심에는 세상의 계절들을 아로새기는 주체의 내면이 자리한다고 하겠다. 그의 가슴에 새겨진 무늬들은 그를 한 그루 나무처럼 단단하고 성숙하게 해줄 것이다.

여름 아침의 심호흡으로부터 한 해의 순환이라는 세계의 박동으로 확대되는 이 시의 전개에서 정작 살펴야 할 부분은 다른 데에 있다. 이 시에서 사계절을 하나로 묶어내는 이미지는 호흡이나 나이테에 그치지 않는다. 이 점은 시 자체만을 보았을 때에는 눈에 띄지 않을 수도 있지만, 김명국 시의 전반을 고려할 때에는 간과할 수 없는 문제가 된다. 그의 시에서 '불'은 중요한 의미를 가지기 때문이다. 짐작하겠지만 이 시가 선보이는 사계절의 순환에서 빠지지 않고 등장하는 것은 다양한 빛의 스펙트럼을 보여주는 꽃들이다. 알다시피 꽃은 불이기도 하다. 불과 꽃은 논리를 뛰어넘어 하나가 된다. 둘은 모두 "햇살", 즉 '태양'의 등가물이다. 겨울 하늘을 밝히는 "까치밥"이 시사하는 것처럼, 그것은 만물을 기르는 근원이다. 나무가 되고 싶었다는 주체의 바람은 어쩌면 자연스러운 일이었다. 그 역시 "마음의 장작에 불씨"를 가지고 있으니 말이다.

김명국의 시에서 '불'은 누군가를 맞이하고 기다리고 돌보는 일체의 행위를 내포한다. 이를테면 송아지의 출산을 기다리며 갈아 끼우는 축사의 전구나(「새끼 낳는 저녁」), "들어오지 않은 식구"를 기다리는 등(燈)뿐만 아니라(「마루 등을 켜며」), 조카들을 위한 목욕물 마련하기며(「한뎃부엌 목욕물 불 때기」), 시(詩)를 쓰기 위해 지새우는 밤을 밝히는 불빛까지 말이다(「이럽」). 마찬가지로 '꽃'은 불쑥 찾아들어도 "탓하지" 않을 집주인의 마음 씀씀이를 나타내거나(「꽃 피는 옛집」), "들에 새로 들어온 신입"인 주체에게 인사를 건네는 존재였다(「꽃밭 근무」). 한데 시력(詩歷)이 계속되면서 '꽃'은 뒤로 물러앉게 된다. 차츰 '불'은 이미지의 외연을 넓히기보다 생활 자체에 밀착하는 방향으로 선회한다. 한때 세계의 아름다움들로까지 확산되던 그것은 어느덧 일상을 떠받치는 안온함의 배후로 자리매김한다.

> 옆집에서 넘어온 오이순을 탐내지 않았듯
> 눈이 많이 오는 겨울이면
> 아랫목이 뜨끈뜨끈하게 군불을 지피고
> 아침은 굶었어도 정신이 맑아지는 점심때쯤 해서는
> 어쩌다 한 편의 시가 쓰일 수도 있으리

봄이 되어 제비가 찾는다면 집을 짓게 내버려두리라

이른 아침 지저귀는 새소리에 눈이 떠진다면 얼마나 행운이겠는가
그것도 한두 번이 아니라 거의 매일이다시피 한다면
부지런을 떨기보다는 게으르게,
곡식을 심고 가꾸고 거두는 일만은 잊지 않으리라

가난은 수치가 아니라는 것을 알기에
툇마루에 드는 봄볕처럼
남은 생(生)은 그렇게 작고 하찮은 일에
다 써버린대도 아깝다는 생각이 들지 않으리,
꿈이 있다면 세상의 포근한 집 한 채 되는 일이다

_「굴뚝집」 부분

자신의 집을 갖는 게 꿈이라며 시작된 시의 뒷부분이다. 욕심을 부려놓고 사는 삶을 바라는 주체의 소박한 원망(願望)은 옛 선비의 청빈함을 닮았다. 때때로 "게으르게" 보이지만 제 할 일은 다 하는 농촌에서의 삶은 "가난은 수치가 아니라는 것"을 새삼 일깨우기도 하리라. "어쩌다" 떠오를 시 한 편을 기다리며, 찾아든 제비에게 처마를 내어주고 그들의 지저귐으로 시작하는 하루하루는 전원에서만 누릴 수 있는 호사가 아니겠는가. 한데 따뜻한 아랫목과 "툇마루에 드는 봄볕"에 만족하는 생활이 잇따라 길어 올린 희망은 "세상의 포근한 집 한 채 되는 일"이다. 순진무구해 보이는 주체의 진술은 당연하게도 시로써 그렇게 할 수 있다는 믿음에서 발원한 것은 아니다. 이미 보았듯 그것은 "작고 하찮은 일"에 속하며, 그것이 되비춰주는 것은 더 크고 중요한 일이 있다는 인

식이다.

주체가 소망하는 집은 굴뚝을 가졌다. 시에서 한 번도 등장하지 않지만, 거기서 나오는 연기는 그의 집에 사람이 산다는 증거가 될 것이다. 군불로 지핀 아랫목에서 더운밥을 함께 먹으며 한 가족이 겨울을 나고, 추위가 가시면 한뎃부엌의 낮은 굴뚝에서 밥 짓는 연기가 피어오를 그런 집. 그러므로 "세상의 포근한 집"들 중에서 식구들에게 유일무이한 "한 채"가 되는 일은 모든 가장의 희구(希求)라 하겠다. 그러나 김명국 시의 주체가 대표하는 농촌 청년들의 꿈은 그리 쉽게 성취될 수 없게 된 지 오래다. 그곳에서 살아가려는 이들은 조부와 부친이 그랬듯이 "밤도 치고 축도 읽"으며 조상들에게 제사를 지내는 일을 이어받고 넘겨주어야 하지만 말이다. "성냥불 소지(燒紙)", 즉 지방과 축문을 사르는 제사의 마지막 절차는 한 가계를 잇는 불꽃이지만, 그것은 벌써 사그라지고 있지는 않은가(이상「제사」).

그렇지만은 않다.「제사」에 등장한 조부와 부친과 주체는「망종」에서 부친과 주체와 아들의 삼대로 이어진다. 이러한 계승을 가능하게 한 계기는 1부의 마지막 시에서 노출된다.「육묘장」은 한국 농촌으로 시집온 결혼 이민자들이 "계모임처럼" 모여 일하는 장면을 그리고 있다. 거기에는 주체의 아내도 있다. 그녀는 "놀면 뭐 하냐고, 한 푼이라도 벌어야지"라며 일하러 갔다. 그녀의 핀잔이 일반인의 편견을 초월하고 있음에 주목하자. 김명국이 시집의 2부 이후를 베트남 처가에서의 경험으로 채울 수 있었던 까닭은 처음부터 그의 시가 한국에서의 삶에 적응한 결혼 이민자들에 그 초점을 맞추지 않았기 때문이다. 그곳에서 겪은 다르지만 또 같은 세상살이의 편린들을 더듬어보자.

어떤 과거, 또 하나의 지금–여기

'마누라가 예쁘면 처갓집 말뚝 보고도 절한다'고 했다. 사랑하는 이가 태어나고 살았던 장소를 둘러보는 일은 반려자에게 각별하지 않을 수 없다. 그가 뛰어놀며 자란 마을과 거리, 바라보고 걸으며 영혼이 깊어졌을 자연의 풍경들, 지금 그곳에서 살아가는 사람들의 일상. 그에게는 상실과 아픔으로 다가올 온갖 것들조차 반려자에게는 지금의 그를 있게 한 풍광(風光)들로 다가올 것이다. 주체에게도 그런 기대가 있었으리라. 그에게 아내의 목소리는 "악보를 보고 현악기를 타며/노래를 부르는 것 같은" 착각을 낳으니 말이다(「채과」). 그러나 애초부터 그것은 환상이었다. 아내의 고향에서 주체가 뼈저리게 확인하는 것은 그녀가 정말 너무 먼 데에서 왔다는 사실이다.

깜짝, 밀림에서 튀어나온 뱀처럼 날은 징글징글 더운데
무슨 이따위로 생겨먹은 선풍기도 다 있나 싶은
중고 선풍기도 봤고,
썩을 대로 다 썩어빠져서
무슨 이런 오토바이가 다 있나 싶은,
털털거리며 비포장 길을 달릴 수 있다는 게 볼수록
신기하고 기가 막히기만 한
오토바이도 봤는데,
무슨 이런 사람들이 다 있나 싶은
처갓집에서
찌는 듯한 더위, 비자까지 받고 가서
면(面) 이발관에서 머리도 한번 깎고

한 달을 살다 왔다

죽는 줄 알았다

_「눌려서 떡이 된 오리온 초코파이 정(情)」 전문

제목과 마지막 행은 베트남에서의 생활이 주체에게 어떻게 닥쳐왔는지를 코믹하게 전달한다. 단지 무더위뿐만이 아니라 그곳의 물건들과 처갓집 사람들은 그를 파김치로 만들어놓는다. 그것은 첫 행에서 보는 바와 같이 "깜짝" 놀랄 정도이며 간혹은 끔찍한 경험일 수도 있다. 물론 주체가 엄살을 떨고 있다는 것을 눈치채기란 어렵지 않다. 그는 더위를 이기고자 머리까지 깎으며 한 달을 온전히 버텨내지 않았던가. 이 시에 나타난 기막힘과 낯섦은 들여다보면 주체만의 것은 아니다. 낯설고 물설은 곳은 어디나 견뎌내기 힘든 법이다. 주체의 경우를 제외하더라도 결혼은 전혀 다른 가족을 하나로 묶으며, 부부는 각기 자신을 엄습해오는 낯선 환경에 적응해야 한다. 정도의 차이는 있겠지만 본질적으로 그 고통은 변별되지 않는다. 서로의 가족은 상대를 불러들이지만, 그들이 열어젖힌 곳은 전혀 새로운 '우주'이다.

주체의 아내 역시 처음에는 김치 냄새를 맡으며 "어떻게 이런 걸 먹고 사느냐"고 고개를 흔들었다. 그렇지만 어느새 그녀는 김치찌개와 된장찌개도 맛있게 끓여내게 되었다(「묵은지」). 그녀가 이미 겪은 일을 지금 주체 그리고 처갓집 식구들이 되풀이한다. 하지만 그들은 서로의 나라를 삶의 터전으로 삼지 않을 것이기에 '향신료'까지 공유하지는 못한다. 장인과 장모가 손대지 않는 김치와 사위의 비위를 상하게 하는 "향채"는 그들 사이의 거리를 상징한다(「밥상」). 웅녀의 신화가 일러주듯이 향신료는 음식과 지역과 사람들을 결속시키는 힘을 가졌다. 그런데 이 시에서 유념해야 할 점은 첫 행을 삭제하고 나면, 배경이 어디인지가 모호해진다는 사실이다. 이 시만이 아니다. 베트남 시편들에서 몇 개의 시어나 고유명사에 괄호를 치면, 대부분의 작품들은 우리네 일상이라고 해도 놀랍지 않다.

더 보자. 몇 번의 처갓집 방문은 주체가 베트남의 문화와 사람들을 서서히 받아들이게 해준다. 이로써 전에는 간과한 것들이 비로소 눈에 들어오기 시작한다. 예를 들어 그곳에서는 "제사를 극진히" 하면서도 조상을 위해 매일 향을 피우고(「끼니」), 닭 대신 오리를 잡아 사위를 대접하며(「각별한 식구」), 시아버지가 며느리를 위해 신 과일을 구해준다(「입덧」). 따지고 보면 두 나라의 풍습은 그렇게 다르지 않은 것이다. 아이들 소리가 끊이지 않는 그곳이 오히려 "사람 사는 곳답"다는 주체의 말이 고개를 끄덕이게 한다면 그 이유는 여기에 있다(「맹그로브 정글에 베트콩이 없다」). 그렇다고 해서 그가 그곳에서 생활인이 될 수는 없다. 거기서 빈둥거릴 수밖에 없는 그의 일과란 처음 보는 생물을 들여다보거나 찬거리 생선과 가축의 수나 세어보는 일이다(「도마뱀이 몇 마리」). 하지만 그는 이방인일 수만은 없게 되어버렸다.

부엌 벽이 뒷마당 쪽으로 한 10도쯤은 기울어져 있기에
처음에는 그냥 멍하니, 피사의 사탑이 생각났습니다
초등학교 미술 시간 미술 책에서나 한 번 본 기억이 있는,

어찌나 뒤로 기울어졌던지 아들 도훈이한테는 사고 난다고
절대로 접근하지 말라고 주의를 단단히 주어놓고
혼자 시무룩했지요
한국에서는 살고 있는 집이 애를 먹이더니만
여기서는 또 장인댁이 말썽입니다

자주 쓰는 것 같지는 않지만, LPG 가스레인지도 사서 부엌 한쪽을 차지하고

그럴싸한 옷장도 장만해 놓여 있습니다

그러저럭 그렇게 살림살이가 하나씩 늘어갑니다

언니는 오토바이가 없다가 새로 생겼고

그사이 남동생은 직장이 바뀌었습니다

벌어먹고 살기가 힘든 게 여기나 저기나 매한가지

그렇게 서로들 서로를 동경하며 살아가고 있었을 뿐,

목마르면 한 개에 천 원 하는 야자열매를 묵직한 칼로 깎아서 한번 자셔보는 일뿐

너무 욕심내지도 그렇다고 더 나무라지도 않겠습니다

고개 돌리고 있으면 푸른 논둑 한가운데

반듯하게 자리한 조부모를 모신 분묘가 보일 테니까요

밭이 아니라 논 한가운데 조상의 묘가 있다는 것이 이채롭다면 이채로운,

자동차보다는 오토바이가 눈에 더 많이 띄는 곳,

여기가 바로 동탑 처갓집입니다

_「집 걱정」 부분

주체는 낡아가는 장인의 집을 어쩌면 좋을까 걱정한다. 거기도 여기도 집이 말썽이지만, 처갓집 식구들은 한국에서의 사정을 알 리가 없다. 살림살이가 하나둘 늘어나는 데에도 그의 도움이 컸을 것이니, 그들은 집을 고치거나 새로 짓는 일도 응당 사위의 몫이라고 여기리라. 주체의 시무룩함은 그러한 식구들의 "동경"과 무작정한 기다림에서 비

롯되었을 것이다. 한국에서도 "벌어먹고 살기"가 힘들기는 마찬가지임을 아는 이는 그러나 주체만이 아니다. 아내 역시 그것을 잘 알고 있다. 그런데 인용한 두 번째 연의 마지막 두 행에 틈입한 그녀의 시선에는 언니와 남동생, 곧 친정 식구들에 대한 무한한 애정이 담겨 있다. 그것이 주체와 아들을 향한 그것과 질적으로 달랐을까. 그렇지 않았을 것이다. 만약 그랬다면 '욕심'도 '나무람'도 그만두겠다는 주체의 다짐은 나올 수 없다.

"그럭저럭" 늘어가는 살림처럼 욕심 내지 않고 베푸는 일, 또는 아무것도 모르는 그들을 그런대로 받아들이는 일, 거기에는 나무라기에는 지나치게 가난하고 타박하기에는 너무나 순박한 그들을 향한 주체의 '동경'도 한몫하고 있다. 일테면 그가 베트남 처가에서 보는 것들은 어느 순간 "한국에서는 이제 잊혀져가는" 시끌벅적한 풍경들로 전환된다(「뒷마당에 찍 갈겨진 오리 똥」). 아직도 그곳에는 끼니때가 되면 "밥 짓는 연기"를 피우고, 이웃에는 고모부가 살며, 대가족이 "최대 명절 설"을 기다리지 않는가(「베트남 처갓집 방문」). "10년이고 20년이고" 거기에 머물고 싶다는 주체의 생각에서는(「들돌」) "그렇게 서로들 서로를 동경"하는 법적 가족의 닮았다면 닮았고 다르다면 다른, 말하자면 "이채롭다면 이채로운" 어울림에 대한 흐뭇함이 배어난다.

말할 것도 없이 주체와 처가 식구들의 동경이 만나는 자리에서 접점을 이루는 것은 늘 아내이다. 한국에서 가져간 "스마트폰"과 베트남에서도 이미 구형인 핸드폰의 대비처럼, 두 나라의 가족들은 마치 다른 시간대를 사는 사람들처럼 보인다. 요컨대 주체는 그들에게 미래로부터 온 사람으로, 그들은 주체에게 과거로부터 온 사람들로 비춰진다. 이들의 만남이 가능한 것은 후자의 하나였던 아내가 그와 결혼하면서이다. 과거를 동경하는 남자와 미래를 동경하는 여자. 이들 둘은 서로의 과거와 미래로 만나 부부가 되었다. 둘의 시간이 부딪쳐 현재가 된 것이다. 더 이상 주체는 그녀에게 미래로부터 온 사람이 아니며, 그녀도 주체에게는 과거로부터 온 이가 아니다. 그녀가 아직은 쓸 만한 "탁자와 의자"를 발로 가리키며 바꾸어야 된다고 말할 때(「새집 증후군」), 주체가 꺼림칙해하는 것은 따라서 두 사람의 현재인 한국에서의 삶과 무관하지 않다.

다시, 지금-여기의 사람들

앞에서 살핀 2부 이후의 시들은 베트남을 중심으로 한 작품들이 대부분이다. 3부에서는 한국이 배경인 시가 겨우 몇 편 등장할 뿐이다. 그만큼 주체에게 아내의 나라 베트남은 익숙하고 애정 어린 곳이 된 것이다. 그러나 그것만은 아니다. 이런 익숙함과 애정은 주체가 기억하는 과거의 한국이 거기에 포개져 있어 가능한 것이다. 새벽잠을 깨우는 닭·오리·돼지·개 등 가축의 왁자지껄함(「기상나팔」), 처조모의 제사를 잔치처럼 준비하는 대가족의 모습(「할머니 제사」), 아이의 상처에 "약이 된다는 풀"을 짓이겨 발라주는 어른들(「바늘」) 등이 보여주듯이 말이다. 그러니 시인 자신의 고백과도 같은 "내 시에는 이제 감동도 재미도 없다"는 진술에서 풍경의 밖이 아닌 그 안으로 들어가본 자의 낭패감을 찾아낸다고 해도 이상할 것이 없다(「망고」). 그것은 김명국의 시가 무기교에 가까워지는 이유가 되었기 때문이다. 그렇지만 그러한 유사-입사의례 다음에 솟아나 시의 배면에 흐르는 것은 쓸쓸함이다. 주체는 모든 것이 이미 일어나버린 미래로부터 온 남자가 아니던가.

번잡한 도시 생활은 접고
사랑하는 우렁이 같은 각시랑 아들 딸내미랑
요즘 한창 유행한다는 블루베리 농사나
지을 생각으로 내려왔다는 시골,

(중략)

누군가 와서 한 번쯤은 쓴 것 같은
그렇고 그런 눈물 없는 함박눈이 시처럼 와서
집 마당에 쌓이면, 묵은 김장독 뚜껑을 열고
맛난 김장 김치로 밥을 한 공기 비운 사내가 또
기어 다니는 곰처럼 게으르게 문을 밀고 나와
뜰 안의 눈을 치운다

들은풍월이 있어서 쓰긴 썼으나,
볼품없이 말라 죽은 족제비를 두엄자리에 던지듯
이렇게 흔해빠진 그렇고 그런 놈의
먹지도 못할 시 따위야 이제 그만
접어, 작파해버렸다고

_「귀농 현상」 부분

예전의 주체처럼 농촌으로 돌아오는 사람들. '귀농(歸農)'의 사전적 의미대로 그들은 농사를 지어본 적이 없는 이들이기 십상이다. 가령 어릴 때 농촌에서 살았다면 정부가 권장하거나 유행하는 작물은 심어서는 안 된다는 상식이 있기 마련이다. 더욱이 벼농사가 자식을 기르기는 커녕 자신조차 구할 수 없게 된 마당에 철저한 계획이 없는 귀농이 초래할 결과는 뻔하다. 생략한 부분에는 그런 귀농인이 누린 몇 년의 낭만이 펼쳐져 있다. 연이어 등장하는 "사내"가 혼자라는 데에 주목하면, 그가 가족들을 다시 도회로 돌려보낸 귀농인임이 밝혀진다. 마당에 쌓인 함박눈과 그것을 쓸어내는 이의 모습은 언뜻 전원에서의 삶을 그 자체로 한 편의 시(詩)로 보이게 하리라. 그러나 그 아침 그가 꺼내 먹은 김장 김치는 맛깔스러웠을 리 없다. 풍경의 안에서 그는 외롭다.

이 시의 귀농인과 주체가 겹쳐지는 부분은 "먹지도 못할 시"를 쓴다는 점이다. 그들은 시골의 아름다움을 충분히 즐길 줄 안다. 다만 전자는 후자와 달리 그곳의 생활이 다른 곳과 차별되지 않는 난관으로 가득하다는 사실을 몰랐다. 그렇지 않다면 저 농촌에서 우리를 길러낸 부모님들의 얼굴을 우리는 달리 기억할 것이다. "들은풍월"만으로 거기서 시와 같은 삶을 꾸려갈 수는 없다. 그가 "작파"해버린 것은 그러므로 전원생활에 대한 처음의 기대이다. 그것은 "볼품없이 말라 죽은" 환상이다. 그의 삶은 허전하나마 시일 수도 있으나, 그는 더는 그곳에서의 생활을 시로 받아들일 수 없다. 반면 주체는 그 풍경의 안에 있지만 동시에 그것의 바깥에 머무를 수 있다. 무엇이 그것을 가능하게 했을까. 그는 한국이라는 지금-여기의 밖, 베트남이라는 지금-여기를 오갈 수 있었기 때문이다.

> 멀리서 오는 사람은 눈이 먼 장님이거나
> 여기 말이라곤 하나도 모르는 벙어리라고,
> 전봇대에 줄을 맨 결혼 중매 회사
> 노란 플래카드를 낫으로 찢으며
> 낮달이 뜨던 날,

술 취한 청년은 말했다
원주민의 생활에 염증을 느낀
몇몇은 아이들을 버리거나
동반으로
마을을 떠나는 일이 종종 발생했다
가끔은 손끝이 바늘에 찔려 핏방울이 맺히기 일쑤인
미싱을 돌리는 봉제 공장에서
낯설고 서툰 자본주의 나라의 말이
익숙해져가기를 기다리고 있었는지도 모른다

_「가출」 부분

시집을 닫는 시이다. 갓 결혼한 청년의 답답함은 대낮에 술을 마시게 하고 플래카드를 찢게 만든다. 그의 행동은 자신의 결혼을 실패한 것으로 규정하고 있다. 하지만 처에게는 "원주민"일 수밖에 없는, 그래서 의사소통이 어렵기는 그도 매한가지이다. 어찌 되었든 그들은 부부가 되지 않았던가. 이 엄연한 사실을 부정하는 이는 적어도 주체의 눈에는 청년으로 보인다. 그의 처는 "여기 말"을 아직 모르지만, 서로의 말을 알아듣기 위한 노력을 그녀에게만 요구할 수는 없다. 사정은 이 시의 청년에게 한정되지 않는다. 그렇게 시집온 '그녀들'의 가출이 드물지 않게 일어나고 있음을 또한 이 시는 증언한다. 그렇지만 그녀들은 집을 나갈 때에도 아이들을 데려가는 경우가 잦다. 시의 제목이 '가출'인 이유는 다른 데 있지 않다.

마지막 네 행에는 그녀들이 결혼 이민을 택한 까닭이 누설된다. 가출한 그녀들이 "봉제 공장" 등에서 일한다는 사실은 비밀도 아닐 것이다. 외국으로, 그것도 "자본주의 나라"로 시집온 동기는 가난이 싫고, 돈을

벌어 고국의 가족을 돕고 싶기 때문이 아니던가. 그러나 그게 다는 아니다. 그녀들에게는 데려간 아이들이 있다. 가족과 자신을 위해 국제결혼을 택했다면 자기가 낳은 아이들은 더 소중히 돌봐야 할 존재들이리라. 그렇다면 아이들을 동반하지 않은 또 다른 그녀들은 어떨까. 시의 주체는 그녀들을 믿는다. 낯선 말에 서툴게나마 "익숙해져가기를 기다리고" 있는 그녀들이기를 그는 바란다. '가출'이라는 제목은 사람다움에 대한 주체의 고집스러운 신뢰를 드러낸다.

뚜렷해지는 세계의 민낯

김명국의 시는 한국과 베트남을 배경으로 한다. 전자와 후자가 제가끔 가진 풍요 속의 빈곤, 그리고 가난 속의 행복. 그것들을 온전히 공유하는 이들은 말할 것도 없이 시의 주체와 아내이다. 이 점에서 김명국의 시집은 국제결혼 부부의 성공적인 사례집이라고도 할 수 있다. 서로의 나라에 적응해가는 과정은 사랑이 확고한 자리를 잡아가는 세월이 필요한 일이리라. 이 여정에서 주체를 도운 것은 두 나라가 가진 공통점이었다. 함께하는 식사와 조상을 모시는 제사를 통해 가족은 자신들이 하나임을 확인한다. 밥을 짓는 연기와 조상을 위한 향. 이들이 '불'을 원천으로 한다는 것을 새삼 강조할 필요는 없을 터이다. 그것은 한 가족의 생활에서 구심점을 이루는 사랑의 온기를 뿜어낸다.

그럼에도 두 나라가 시간 차를 가지고 있다는 사실을 부정할 수는 없다. 한국의 과거는 베트남의 현재이며, 베트남의 미래는 한국의 현재일 수 있다. 여기에서 주체의 씁쓸함이 배태된다. 그는 아내의 고국이 한국처럼 되지 않기를 바란다. 그러나 그보다 더 그는 한국이 어쩌다 이

지경이 되었는가를 고민한다. 베트남은 그에게 한국의 아름다웠던 과거를 상기시키기 때문이다. 김명국 시의 대부분이 베트남 시편인 이유는 다른 곳에 있지 않다. 가령 앞에서 살핀 「귀농 현상」은 한국이라는 사회가 처한 위기를 그대로 보여준다. 풍요로움의 이면에 웅크린 빈곤이 아니라, 실제로 우리가 맞닥뜨린 세상은 가상으로서의 풍요와 현실로서의 빈곤이 넘쳐나는 곳이다. 귀농이 바야흐로 열풍이 된 까닭은 풍요의 비인간적인 민낯을 보았거나 그것으로부터 내쳐졌기 때문이 아니던가.

같은 맥락에서 「가출」은 이러한 위태로움이 한 나라만의 문제가 아님을 다시금 짚어준다고 하겠다. 주체의 결혼이 벌써 그러했지만, 결혼 이민이 활성화된 이유는 세계를 휩쓰는 신자유주의적 가치관과 연루되어 있다. 물신주의의 극단에서 사랑은 결코 결혼의 조건이 되지 못한다. 사랑은 자본에 포획되어버렸다. 이쯤에서 생각해볼 것은 '청년'의 절규 같은 주정이 자신의 외국인 아내를 향하고 있다는 점이다. 자본의 세계관에 사로잡힌 그는 '외국인 아내'라는 단어의 조합에서 뒷부분을 망각하고 있다. 아직도 팽배한 그녀들에 대한 몰이해들을 그는 이렇게 내면화하고 있다. 사회의 문제를 외부인(으로 이데올로기적으로 규정한 이들)에게 전가시킨다는 점에서 그는 우리 안의 파시즘에 갇혀 있다. 당연한 얘기지만 그녀들도 이 문제로부터 자유롭지는 못하다.

이들, 그리고 우리가 이러한 세계의 감옥에서 빠져나올 수 있는 방법을 김명국의 시는 예시한다. 그의 주체는 '청년'과 다른 길을 걸어왔다. 지금도 수많은 이들이 그러고 있을 것이다. 두 개의 '지금-여기'를 오가는 그들이 최종적으로 닻을 내릴 곳이 사랑의 가정이라면, 정박한 나라가 어디든 그들에게는 상관이 없으리라. 이것이 그들이 자본의 족쇄를 풀 수 있는 열쇠일 것이다. 그렇다면 우리는 어떻게 해야 하는가. 실마리는 역시 김명국의 시에 있다. 그의 주체는 두 개의 '지금-여기'를 겹쳐본다. 이를 통해 그는 우리의 과거와 현재를 돌이키고 고발할 수 있었다. 비록 그의 비판이 전면적이지는 않지만, 그럼에도 그를 참조할 수는 있다. 우리의 현재와 비교할 숱한 '지금-여기'들이 세상 곳곳에 존재하니 말이다. 잘못 와버린 '지금-여기'의 궤도를 수정하는 일, 그것은 풍경의 바깥을 사유하는 데에서 출발해야 할지도 모른다. 우리 안의 파시즘, 나아가 그것을 조장한 시스템 자체를 부정하는 일은 바로 여기서부터 시작해도 될 법하다.

우기(雨期)만 되면 구멍 뚫린 지붕에서 뚝뚝 비가 새는 집이라고 했다
어머니의 강인 메콩강에서 갈라져 나온,
마을 앞을 흐르는 물길이 혹 범람하기라도 하는 날이면
부엌 바닥까지 물이 들어차는 집,
삼대(三代)가 함께 살고 있는 집이라고,

아내가 살던 집은 그랬다

옅은 안개가 낀 이른 새벽에는 물비린내 물씬 풍기는 강을
먼데 장(場)이라도 가려는지,
베트남식 삿갓 모자인 논을 쓰고
앞뒤로 두 사람이 쪼그리고 앉아 노를 저어서
나무로 만든 쪽배가 하나 지나가곤 했다

나는 흙내 섞인 그 물비린내가 베트남 남부,

아내가 나고 자란 고향의 체취라고 생각한다

입고 있던 옷 어딘가에는 지금도
끼니를 잇기 위해 불을 때서 밥해 먹던 그을음 냄새와
장인어른이 지극정성으로 제단에 올리셨던
향냄새가 배어 있을 것만 같다

오랜 시간이 흘러 어쭙잖은 첫 시집을 세상에 내놓는다
아내와 처갓집 식구들에게는 누(累)가 되지 않길 바라는 마음 간절하며,
비록 말은 통하지 않지만, 눈빛으로 알아들으리라 믿으며,
언젠가 꼭 다시 가서 건네게 될 이 시집이
조금이라도 자랑스러웠으면 좋겠다

2014년 10월 전북 고창에서, 김명국